KB094860

전능의 팔찌

THE OMNIPOTENT
BRACELET

김현석 현대 판타지 소설
FUSION FANTASTIC STORY

전능의 팔찌 52

김현석 현대 판타지 소설

초판 1쇄 찍은 날 § 2015년 9월 15일
초판 1쇄 펴낸 날 § 2015년 9월 22일

지은이 § 김현석
펴낸이 § 서경석

편집책임 § 한준만

펴낸곳 § 도서출판 청어람
등록번호 § 제387-1999-000006호
등록일자 § 1999. 5. 31
어람번호 § 제1-2231호

주소 § 경기도 부천시 원미구 부일로 483번길 40 서경B/D 3F (우) 420-822
전화 § 032-656-4452 팩스 § 032-656-4453
http://www.chungeoram.com
E-mail § E-mail § chungeorambook@daum.net

전능의 팔찌

THE OMNIPOTENT BRACELET

52

FUSION FANTASTIC STORY

김현석 현대 판타지 소설

청어람

CONTENTS

CHAPTER 01
원래 우리 거였어!

전능의팔찌
THE OMNIPOTENT
BRACELET

　미국의 24시간 뉴스 전문 방송업체 CNN은 어느 날 갑자기 시작된 일본 열도 전체에서 빚어지는 재앙을 취재하기 위해 상당히 많은 기자와 리포터들을 파견했다.

　얼마 전부터 일본 열도 주변도서와 해안은 매일 70cm씩 가라앉고 있는데 이는 전에 없던 자연현상이다.

　CNN은 이에 대한 원인 규명을 하기 위해 상당히 많은 전문가를 초빙하여 의견을 물었다. 하지만 왜 이런 현상이 빚어지는지 명확히 집어낸 이는 없다.

　이런 와중에 일본 열도에 척추처럼 박혀 있는 화산 83개가

연쇄적인 활동을 시작했다. 단순히 연기만 뿜어내고, 땅이 흔들리는 정도가 아니다.

화산이 폭발할 때 인류에게 위협적인 것으로는 화산쇄설류, 라하르(Lahar), 그리고 화산 붕괴 등을 들 수 있다.

가장 위험한 화산현상인 '화산쇄설류'는 1,000℃ 이상의 용암과 화산재, 그리고 뜨거운 가스와 암석 등이 뒤섞인 유체(流體)가 약 70㎞/h의 속도로 흐르는 현상이다.

보통 경사면을 따라 흘러내리기 때문에 사람들이 피하기엔 너무 빨라 매우 위험하다.

두 번째로 위험한 화산현상인 '라하르'는 화산이 분출된 후 퇴적된 화산암괴나 화산재가 흐르는 물에 섞여서 홍수처럼 쓸려 가는 것이다.

마지막으로 '화산붕괴'는 정상이나 사면부가 무너져 내리면서 뜨거운 유독성 가스에 의한 질식을 야기한다.

뿐만 아니라 분출된 화산재가 대기 중으로 올라가면서 기상이변 등을 발생시켜 인류에게 매우 위협적이다.

위에 언급된 내용 전부가 현재 일본에서 일어나고 있는 현상들이다.

곧 열도 전체가 침몰하여 모두가 죽을 것이라는 소문이 번지자 일본 국민들은 패닉 상태에 빠져 아우성이다.

경제적 여유가 있는 일부는 어선 등을 이용한 탈출을 시도

하고 있다. 하지만 나머지는 약탈과 방화, 살인, 강간, 강도 등을 서슴지 않고 있다.

어차피 죽을 목숨이라 생각하기에 막무가내인 것이다.

CNN 리포터는 서로 먼저 배에 올라타려고 하는 이기적인 일본인들을 배경으로 말을 시작한다.

"제 뒤에 보이는 것처럼 한국과의 전쟁에서 패한 이후 엄청난 재난이 닥치자 상당수 일본인은 국외로 탈출하기 위해 바닷가로 모여들고 있습니다."

리포터가 잠시 말을 끊는 동안 화면은 바닷가에 정박한 어선들의 모습을 보여준다. 그리 많은 숫자는 아니다.

화산활동이 시작되고 들이닥친 쓰나미 때문에 상당히 많은 선박이 충돌로 인한 폐선 지경이 된 때문이다.

본인이 먼저 승선하겠다며 밀치며 올라타려는 놈들에 의해 일부가 바다에 빠지는 모습이 보여진다.

"보다시피 필사적인 탈출이 이어지고 있습니다. 이처럼 일본을 떠나는 사람은 많지만 받아주겠다는 나라는 아직 없습니다. 가장 가까운 나라 한국에선 일본인 난민을 단 하나도 받아들이지 않겠다고 선언했습니다."

이번엔 한일 양국의 지도가 보인다. 그리고 얼마 전 있었던 한일해전의 모습이 잠시 비춰진다.

밑에는 자막으로 한일해전이 발발한 날짜와 시간, 그리고 전쟁의 결과가 굵은 글씨로 써져 있다.

화면이 바뀌자 지나의 총리가 기자회견장에 나타나 일본인 모두를 추방한다는 성명을 발표하는 장면이 나온다.

"일본과 조어도를 놓고 분쟁을 벌이던 지나 역시 일본인 난민의 입국을 불허하며, 자국 내 일본인에 대한 전원 추방령을 내렸습니다."

지나 내부에도 상당히 많은 문제가 있어 골치가 아픈데 일본인들 때문에 신경 쓰는 것 자체가 짜증스러울 것이다.

그렇지만 일본이 당하는 아픔이 통쾌한 듯 표정 자체는 굳어 있지 않다.

"아! 잠시만요. 한국에서 대통령의 긴급 대국민담화문 발표가 추가된다고 합니다. 잠시 화면을 돌리겠습니다."

화면이 바뀌자 청와대 춘추관의 모습이 보인다.

누군가의 기침 소리와 의자 끄는 소음이 들리는 가운데 단상 앞에 다가서는 이는 대통령 권한대행 정순목이다.

"지금부터 정순목 대통령 권한대행님의 긴급 대국민담화문 발표가 있겠습니다. 모두 정숙해 주십시오. 질문은 발표가 끝난 후 받을 예정임을 참고해 주십시오."

새로 임명된 공보수석의 멘트에 이어 정 권한대행이 마이크를 살짝 잡아 위치를 조정한다.

"안녕하십니까?"

"네에."

권한대행의 말이 끝나자 기자들이 일제히 대답한다.

"대한민국 대통령 권한대행 정순목입니다. 오늘 오전에 대국민담화문을 발표했는데 추가로 국민 여러분과 국제사회에 알릴 것이 있어 이 자리에 다시 섰습니다."

말이 끝나기 무섭게 카메라 플래시가 펑펑 터진다.

잠시 뜸을 들인 권한대행은 다시 입을 열었다.

"아시다시피 한국과 일본은 해전을 벌였고, 현재 우리 군은 우리의 영토였지만 일본이 강점하고 있던 진도… 아! 여기서 진도는 진돗개로 유명한 그 진도가 아니라 지금껏 대마도라 부르던 섬입니다. 허험!"

헛기침으로 잠시 말을 끊었던 권한대행은 별일 아니라는 표정으로 말을 잇는다.

"진도는 삼국시대 이전부터 우리 한반도에 속해 있던 섬이었습니다. 하여 이번 기회에 일본으로부터 되찾고자 군대를 파견했습니다. 현재 상륙작전이 진행되는 중이며, 진도에 머물고 있는 일본인들을 몰아내는 중입니다."

피잇! 파앗! 퍼엇―! 파팡, 파파파파파팡―!

카메라 플래시 마사지가 시작되었으나 권한대행은 표정을 바꾸지 않았다.

"일본과 한국의 관계는 돌이킬 수 없는 상황이 되었습니다. 하여 우리 대한민국은 일본과의 국교를 해지함을 선언합니다. 그에 따라 지금껏 일본과 체결한 모든 조약 등도 해지합니다. 아울러 과거를 반성하지 않고 제 욕심만 부리던 일본을 징치하고자 합니다."

파팡! 파파파파파팡—!

또 엄청난 플래시 세례가 퍼부어진다.

이건 특종 중에서도 특종인지라 기자들은 눈이 벌겋다. 한마디도 놓치지 않고 보도하려는 욕심 때문이다.

"국내에 들어와 있는 일본인들은 즉시 대한민국의 영토에서 떠나기를 통보하는 바입니다. 아울러 국내에 반입된 일본 및 일본인의 재산 전액을 몰수합니다. 오늘 이후 대한민국이 일본과 교류하는 일은 다시는 없을 것입니다."

파팡! 파파파파파팡—!

플래시가 명멸하는데 누군가 손은 번쩍 든다.

"권한대행님! 온누리일보 강현철 기자입니다. 질문해도 됩니까?"

"따로 질문할 시간을 드린다고 했는데 성질 급한 기자님이 계시는군요. 좋습니다. 말씀하십시오."

"권한대행은 권한대행일 뿐 대통령님이 아니신데 국교 단절과 같은 중대사를 결정할 권한이 있는 겁니까?"

정순목은 강 기자를 슬쩍 째려보고 입을 연다.

"2017년 4월 정기국회 때 대통령 유고에 관한 법률이 제정 반포되었습니다. 그 내용을 살펴보면 '대통령 유고시 권한대행은 대통령의 모든 권한을 대행한다' 고 되어 있습니다. 따라서 방금 전의 결정은 법률에 위배되지 않습니다."

"그래도 국교 단절 같은 중대사는……!"

기자의 말은 중간에 잘렸다. 권한대행이 단호한 표정으로 대꾸한 때문이다.

"방금 이야기했습니다. 법률에 위배됨이 없다는 것을!"

"아! 죄송합니다."

기자는 자신의 무례를 깨닫고 얼른 고개를 숙인다.

"기왕 이렇게 되었으니 다음 질문을 받겠습니다."

"권한대행님! 신천지일보 조문래 기자입니다. 국내 일본인에 대한 추방령을 내리셨는데 일본 대사 같은 외교관도 포함되는 겁니까? 아울러 국내 일본 재산에 대한 몰수령을 내리셨는데 조금 더 자세히 말씀해 주십시오."

조문래 기자의 질문을 받은 정 권한대행은 당연하다는 듯 고개를 끄덕였다.

"일본에서 파견한 대사 역시 일본인입니다. 당연히 추방 대상입니다. 일본 재산에 대한 몰수는 이번 한일해전의 전쟁 배상금 정산이 실시되지 않은 때문입니다."

"국내 일본 재산이 상당히 많습니다. 배상금 정산을 하고도 남지 않겠습니까? 그리고 대부업체도 그중 일부인데 그들의 재산도 압류인 겁니까?"

권한대행은 잠시 이맛살을 찌푸린다. 방금 전 질문은 손을 들어 동의를 구하지 않은 기자의 발언인 때문이다.

조아일보와 동선일보 같은 쓰레기 언론에 소속된 기레기들의 청와대 출입을 제한했음에도 비슷한 놈이 같은 자리에 있는 것이 마음에 들지 않은 때문이다.

하나 권한대행은 별다른 언급 없이 답변했다.

"압류가 아니라 몰수입니다. 그리고 국내에 들어와 있는 일본 재산 전부를 합쳐도 전쟁 배상금에 미치지 못합니다. 그리고 일본 자금으로 세워진 대부업체의 모든 재산도 국가에 귀속될 겁니다."

권한대행의 단호한 표정을 읽은 기자 하나가 번쩍 손을 든다. 수염이 덥수룩하여 얼핏 보면 노숙자로 보일 외양이다.

"저쪽, 머리가 길고, 안경 끼신 기자분 말씀하십시오."

"감사합니다. 겨레일보 황상문 기자입니다. 권한대행께 여쭙겠습니다. 전쟁 배상금이 대체 얼마나 되기에 국내 일본 재산 전부를 몰수하시는 겁니까?"

질문은 받은 권한대행은 무슨 의미인지 알았다는 듯 고개를 끄덕이곤 입을 열었다.

"국내에 들어와 있는 일본 재산이 상당히 많다는 전제하의 질문인 것 같습니다."

"네! 맞습니다. 전부 합치면 어마어마할 겁니다."

"제가 생각하는 전쟁 배상금은 멀게는 임진왜란 이전에 왜놈들에 의해 목숨을 잃으신 선조들의 목숨값과 그때 이 땅에서 가져간 각종 문화재 등에 대한 보상이 있겠습니다."

"네에?"

임진왜란은 1592년에 있었던 일이다. 2018년인 현재를 기준으로 하면 426년이 지난 일이다.

그런데 그보다도 먼저 있었던 인적, 물적 손실에 대한 배상을 받겠다는 의미이니 다들 놀라는 표정이다.

"임진왜란과 정유재란 이후 일본은 단 한 번도 진심 어린 사과를 하지 않았으며, 입은 피해에 대한 보상도 없었습니다. 저는 이번 기회에 그것을 정산할 생각입니다."

"죄송한 말씀이지만 진심이신 겁니까?"

매우 우려스럽다는 표정의 질문이었다.

"물론입니다. 다음으로 조선 강제병합과 왜정시대 때의 탄압과 수탈에 대한 배상 책임도 물을 겁니다."

"……!"

너무나 진지한 표정이기에 기자들 가운데 어느 누구도 손을 들어 이의를 제기하거나 말을 끊지 않는다. 그러거나 말거나 정순목 권한대행의 발언은 이어지고 있다.

"해방 이후 현재에 이르기까지 끊임없이 우리의 땅 독도를 넘본 것에 대한 배상 책임도 묻겠습니다."

시비만 걸었을 뿐 실질적인 피해는 없었던 일이라 배상 책임을 물을 수 없다는 말을 하려던 기자는 입을 다물었다.

정순목 권한대행의 단호한 눈빛과 표정 때문이다.

"아울러 이번 한일해전에 대한 배상금도 받아낼 생각입니다. 일본의 동의와 관계없이 1원 단위까지 알뜰하게 받아내서 정부 재정에 보탬이 되도록 할 생각입니다."

말이 끝나자 금발에 파란 눈을 한 외신기자가 번쩍 손을 든다. 권한대행은 손으로 가리키며 고개를 끄덕였다.

"좋아요, 거기 외신 기자분."

"안녕하세요? 르몽드지 한국특파원 에드몽 가뱅입니다. 한국 내 일본 재산을 전부 몰수하신다 했는데 방금 말씀하신 배상금에 모두 충당되는 겁니까?"

한국말이 아주 능숙하다. 하여 권한대행은 잠시 시선을 주었다 다른 이들도 둘러본다.

"애석하게도 그러기엔 국내에 들어와 있는 일본 재산이 너무나 적습니다."

"네에? 그럼 어떻게 하실 겁니까?"

에드몽 가뱅은 의외의 답변이라 생각한 듯하다.

"아시다시피 일본 열도 대부분이 침강하고 있습니다. 아울러 거의 모든 화산의 분화가 시작되었구요."

모두가 아는 이야기인지라 고개를 끄덕인다.

"침강과 분화가 멈추고 난 뒤 남은 것을 보고 다시 말씀드리겠지만 현재로선 진도 동남쪽에 위치한 규슈를 대한민국에 편입하는 것으로 정산을 마칠까 합니다."

"네에?"

다들 놀란 표정이다.

규슈의 면적은 42,163㎢이며, 1,500만 명 이상이 거주하고 있는 섬이다. 면적만 따지면 경기도와 강원도, 그리고 충청도 전체를 합친 정도이다.

대통령 권한대행도 대통령의 모든 권한을 행사하므로 국가수반이다. 그런 사람 입에서 다른 나라의 영토를 배상금 명목으로 받겠다고 하니 다들 입을 쩍 벌린다.

"규슈가 대한민국의 영토에 편입되면 당연히 명칭은 바뀌게 될 것이며, 그곳에 거주하고 있는 모든 일본인은 추방될 것입니다."

과격해도 너무 과격하다는 표정으로 바라보고 있는 기자들을 향해 권한대행은 싱긋 웃음 짓는다.

"그럼에도 일본이 우리에게 행한 것에 대한 대가로는 많이 부족합니다. 마음 같아서는 본주까지 우리 영토에 편입시키고 싶지만 일본의 인구 밀도를 감안하여 그건 흔쾌히 양보하는 바입니다."

"저어, 권한대행님! 말씀 중에 죄송한데 일본이 그걸 받아들이겠습니까?"

에드몽 가뱅은 말도 안 된다는 표정이다.

"만일 우리의 배상 요구를 거절할 경우 대한민국은 일본과 항복 없는 전면전을 벌일 것입니다."

"네에?"

"그렇게 될 경우 단 하나의 포로도 잡지 않고 일본이라는 나라를 세계지도에서 지우겠습니다."

대한민국 외교부 장관 정순목에 대한 세간의 평가는 매우 여린 심성의 소유자이며, 타인에 대한 배려심이 깊은 호인이라는 것이다. 그런데 배석해 있는 기자들 가운데 어느 누구도 이에 동의하지 않는 표정이다.

참고로, 일본 육해공군의 병력수는 약 30만 명이며, 예비군은 약 6만여 명이다. 방금 전 권한대행의 발언은 이들 36만 명을 싸그리 죽여서 없애겠다는 뜻이다.

아돌프 히틀러조차 이러지 않았다. 2차 세계대전 때 상당히 많은 연합군 포로를 잡은 것이 그에 대한 반증이다.

"정말이십니까?"

"이곳 한반도의 역사를 살펴보면 일본은 늘 우리를 노략의 대상으로 삼았습니다. 이번 기회에 일본이라는 나라를 없애면 우리의 후손들이 조금 편하게 살지 않을까요?"

"……!"

방금 전에 한 말이 농담이었다고 뒤집을 수 없는 너무도 확고한 발언에 다들 입을 벌리고 있다.

"저어, 질문 있습니다."

또 다른 누군가가 손을 들자 정 권한대행이 눈빛으로 말하라는 사인을 주었다.

"감사합니다. 고려일보 국승현 기자입니다. 규슈를 점령하려면 대규모 상륙군을 파견해야 합니다. 그에 대한 준비가 되어 있습니까?"

질문을 받은 권한대행을 고개를 끄덕인다.

"진도 정벌이 끝날 때까지 일본 정부의 진정성 있는 사과와 부족한 배상금 납부가 있다면 규슈 점령 작전은 취소될 수 있습니다. 그런데 아베가 그런 행위를 할지 궁금하군요."

상대국 총리의 이름을 잡놈 부르듯 불렀지만 아무도 뭐라하지 않는다. 그러거나 말거나 권한대행의 발언은 이어진다.

"솔직히 말씀드려 아베 신조가 무릎을 꿇고 석고대죄를 청해도 저는 믿지 않을 겁니다. 저는 그놈을 전혀 신뢰하지 않기 때문입니다."

한 나라의 총리를 아예 '놈'이라 칭했지만 아무도 토 달지 않는다. 정순목 권한대행의 분위기에 압도당한 때문이다.

이때 누군가 묻는다.

"그렇다면 바로 전쟁인 겁니까?"

권한대행은 주저 없이 고개를 끄덕였다.

"그럴 생각입니다. 늘 이웃 나라의 영토를 노리던 해적 같은 놈들이니 제거가 정답 아니겠습니까?"

"제거라면……?"

누군가 추가 질문을 하려는데 권한대행이 먼저 입을 연다.

"조금 전에도 말씀드렸듯이 전쟁이 시작되면 결단코 일본군 전원을 말살시킬 겁니다. 포로는 없습니다."

일본군은 싹 다 죽이겠다는 뜻에 모두들 입을 딱 벌린다.

아무리 해전을 겪었다고 해도 대통령직을 수행하는 권한대행으로서 너무 과한 언사가 아닌가 싶다.

하여 이걸 지적하려는데 권한대행이 또 빨랐다.

"아울러 일본이 영구히 군대를 갖지 못하도록 하겠습니다. 종전의 자위대조차 갖지 못하게 될 겁니다."

기자들은 권한대행의 단호한 표정을 기사에 언급하고 있다. 이때 누군가 손을 들고 묻는다.

"산케이 신문 가토 가쓰히로입니다. 권한대행님께……."

산케이 신문 한국지사장은 더 이상 말을 이을 수 없었다.

권한대행이 언론인들 뒤쪽에 대기하고 있던 경호원에게 명령을 내린 때문이다.

"나는 주적(主敵)인 일본인과 대화하지 않습니다. 경호원은 저자를 비롯한 일본인 전원을 이 자리에서 즉각 끌고 나가 국외로 추방하십시오."

"네! 권한대행님!"

경호원들이 달려들어 양쪽 팔을 끼운 채 끌어내려 하자 가토 가쓰히로 등이 발버둥 친다.

"권한대행님! 이건 심각한 언론 탄압입니다."

"모르는 말씀! 이건 결코 언론 탄압이 아닙니다. 나는 적과 대화하지 않을 뿐입니다."

"그래도 이건 너무한 처사입니다."

"그건 아니죠. 우리 독립군이 일본 순사들에 의해 당한 것을 생각하면 이런 추방은 아주 점잖은 겁니다."

이는 외신 기자들에게 하는 말이었다.

기자들은 멍한 표정으로 권한대행의 표정을 읽고 있다.

다소 유약하고, 우유부단한 성품으로 알려진 당신이 이처럼 단호하고, 카리스마 넘치는 인물이었느냐는 뜻이다.

그러는 사이에 가토 가쓰히로 등 일본인들은 전원 경호원에 의해 춘추관 밖으로 끌려 나갔다. 아마도 곧장 공항이나 항만으로 끌려가 국외로 쫓겨날 것이다.

권한대행은 춘추관 문이 닫히며 가쓰히로 등 일본인들의 고함 소리가 들리지 않게 되자 남은 기자들을 쓱 둘러본다.

"잠시 소란스러웠습니다. 그럼 일본에 관련된 질문은 이만 받고 계속해서 발표하도록 하겠습니다."

"추가로 발표할 것이 또 있습니까? 그게 뭡니까?"

어느 기자가 저도 모르게 소리를 친 듯 얼른 입을 다문다.

"현재 대한민국이 국가로 사용하고 있는 애국가는 윤치호 작사, 안익태 작곡인 곡입니다."

외신기자들을 제외한 모든 기자가 고개를 끄덕인다. 학창 시절에 배웠으니 당연한 일이다.

"그런데 윤치호는 왜정시대 때 중추원 고문을 역임한 1급 친일파이며, 그의 아비와 4촌들, 그리고 당조카 등 3대가 친일반민족행위자로 친일인명사전에 수록되어 있습니다."

기자들 중에는 나가서 확인해 볼 사항이라 생각하는지 부지런히 메모한다. 그러거나 말거나 정순목 권한대행의 발언은 이어지고 있다.

"참고로, 윤치호의 아비인 윤웅렬은 일제로부터 남작위를 받았으며, 은사공채도 받았던 자입니다. 아주 악질 친일파라는 증거입니다."

권한대행은 잠시 말을 끊어 다시 한 번 모두의 시선을 모은다. 그리곤 연단 앞의 물 컵을 들어 한 모금 마셨다.

"작곡가 안익태는 '에키타이 안'이라는 일본 이름으로 활동한 친일부역자입니다."

기자들이 눈을 크게 뜬다.

에키타이 안이라는 말을 처음 듣는 게 대부분인 때문이다. 그러거나 말거나 권한대행의 발언은 이어진다.

"이런 개만도 못한 놈들이 작사하고 작곡한 것을 어찌 국가로 쓰겠습니까?"

권한대행의 음성은 높아졌고, 카랑카랑해졌다. 저도 모르게 성대에 힘을 실은 결과일 것이다.

"이에 정부는 일본과의 관계 단절을 확실히 하기 위해 현재의 국가를 폐기처분할 것입니다."

"그럼 대한민국은 국가가 없는 나라가 되는 겁니까?"

르몽드지 기자 등은 받아쓰기할 준비가 되어 있다는 표정이다. 권한대행은 대답할 준비가 된 듯 즉시 입을 연다.

"오늘 이후 기존의 국가는 폐기처분합니다. 아울러 모든 교과서는 물론이고 정부 공식 문서에 친일파들이 작사하고, 작곡한 애국가가 올라가지 않도록 조치를 취할 것입니다."

"그럼 어떻게 하실 겁니까?"

누군가 우려 섞인 표정으로 묻는다.

"새로운 국가는 국민들로부터 공모받을 생각입니다. 대한민국 국민이라면 누구나 응하실 수 있습니다."

"정말 대한민국 국민이면 누구나 신청 가능한 겁니까?"

질문을 한 기자의 표정을 보니 방금 한 말이 확고하냐는 뜻에서 물은 것이 아니다. 뭔가 감춰진 속내가 있음을 눈치챈 권한대행은 이내 고개를 저었다.

"그렇지 않습니다. 신청자의 친가는 물론이고 외가의 6촌 이내 친척 중 친일행위를 한 자가 있다면 아무리 뛰어난 작품을 보내와도 선정하지 않을 것입니다."

"권한대행님 말씀 중에 죄송한데 대한민국 헌법 제13조 3항을 보면 '모든 국민은 자기의 행위가 아닌 친족의 행위로 인하여 불이익한 처우를 받지 아니한다' 라고 되어 있습니다. 방금 말씀하신 것은 이미 폐기된 연좌제[1]가 아닙니까?"

힐끔 바라보니 법조계열 신문사 기자인 듯하다. 권한대행은 잠깐 그에게 시선을 주곤 입을 열었다.

"연좌제가 맞습니다. 그리고 현행 헌법으론 방금 말씀하신 대로 연좌제를 금하고 있습니다. 따라서 국민들로부터 새로운 국가를 공모하기 전에 국민투표를 통하여 여러 사안을 여쭤보려 합니다."

권한대행은 분위기를 바꿔보려는 듯 참석해 있는 기자들에게 시선을 준 후 다시 입을 열었다.

"가장 먼저 국민들의 의사를 물을 것은 국회의원 정원수 조정에 관한 겁니다. 두 번째는⋯⋯."

권한대행이 말을 이으려는데 기자들이 일제히 손을 든다.

---

1) 연좌제(Implicative system, 連(緣)坐制) : 죄인과 특정한 관계에 있는 사람에게 연대 책임을 지게 하고 처벌하는 제도

정원을 얼마로 할 것인지 물으려는 것일 것이다.

권한대행을 손을 들어 질문을 받지 않겠다는 손짓을 하곤 말을 이었다.

"두 번째는 정당 설립 불허에 관한 것입니다. 세 번째는 친일파에 국한된 연좌제 신설 법안이고, 네 번째는……."

권한대행의 발언은 계속 이어졌고, 기자들은 열심히 받아쓰기를 하고 있다.

계속해서 권한대행의 발언이 이어졌는데 거의 모두 핵폭탄급이라 기자들은 정신이 없어졌다.

일본과의 국교 단절과 경중을 비교할 수 없을 정도로 엄청난 사안이 줄줄이 언급된 때문이다.

그것을 요약하면 아래와 같다.

1. 국회의원 정원은 50명으로 줄인다.

2. 여하한 경우라도 정당 설립은 법률로 금한다.

3. 친일파에 국한시켜 연좌제를 적용하는데 친일 행위로 얻은 재산과 그로 인해 불어난 재산 모두를 몰수한다.

4. 친일파의 직계 및 방계 후손 전원에 대한 사회적 지위를 박탈하며 향후 300년간 공직에 몸담을 수 없도록 한다.

다만, 진심으로 사죄하고 국민들에게 용서를 구한 자는 예외로 한다. 이의 인정 여부는 별도의 심사기구에서 국민들의 뜻을 감안하여 결정한다.

　발표된 것들 거의 모두 현수가 제공한 '대한민국 국가개조를 위한 권고문'이라는 것의 내용이다. 읽어보고 지극히 합당하다 생각하여 권한대행이 받아들인 것이다.

　아무튼 정당 설립을 불허하고, 국회의원 숫자를 줄이는 것은 정치하는 사람들이나 관심 가질 일이다.

　그런데 친일파 문제는 조금 심각하다.

　사람만 보고 결혼했는데 나중에 알고 보니 배우자가 친일파 쪽 사람이라면 꼼짝없이 당해야 하는 때문이다.

　당하는 사람 입장에선 몹시 곤혹스러울 것이다.

　이에 대해 친일파의 직계 또는 방계가 아닌 배우자에 대한 연좌제는 풀어준다. 하지만 친일파의 피가 섞인 자식들은 전원 연좌제로 묶이게 된다.

　이들은 아무리 뛰어난 성적을 거둬도 향후 300년간은 공무원, 경찰관, 판사, 검사, 변호사, 정치인, 교사, 부사관급 이상 군인, 각종 공기업 직원 등으로 임용될 수 없다.

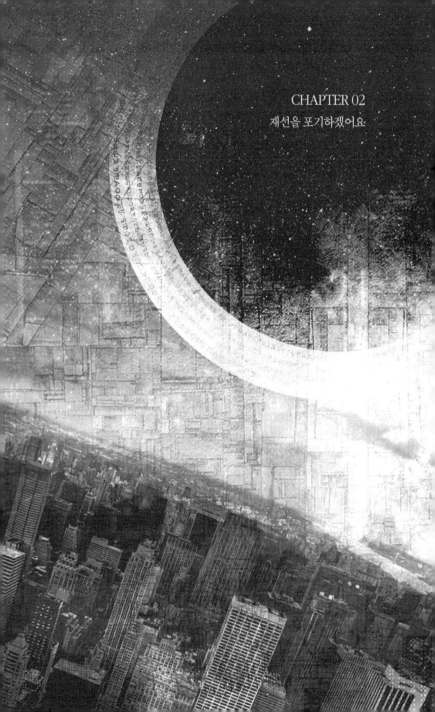

CHAPTER 02
재선을 포기하겠어요.

자식이 이런 꼴을 당하는 게 싫으면 결혼 전에 상대가 친일파와 관련 있는지 여부를 알아보면 된다.

정부 홈페이지에 친일파 본인 및 직계와 방계 명단을 게시될 것이다. 생년월일, 주소, 사진 등이 게재된다.

초상권, 사생활보호 및 인권보호는 친일파에겐 적용되지 않는 법안이 만들어질 것이다.

아무튼 갓 태어난 아이부터 100살 노인까지 모두 올려놓을 것이니 이를 보고 친일파와 결혼하지 않으면 된다.

친일파의 대가 끊기게 유도하는 것이다.

이번 국민투표 때 사용될 포스터와 투표용지의 위에는 다음과 같은 문구들이 인쇄되게 된다.

역사를 잊은 민족에겐 미래가 없습니다.
친일행위는 반민족행위입니다.
역사적 심판을 단행해야 우리의 미래가 밝습니다.
대한민국은 정의로운 국가로 개조될 것입니다.

일본과의 전쟁 직후인지라 국민들은 정부의 뜻을 흔쾌히 받아들일 것이다.

아무튼 정순목 권한대행은 국제사회를 상대로 일본과 국교단절 및 전쟁을 선포했고, 여러 사안에 대한 국민투표를 결정했다.

국내외 언론사들은 이를 톱뉴스로 송고하느라 여념이 없다. 발 빠른 방송사들은 국제법 전문가와 군사전문가 등을 초빙하여 진도 및 규슈 점령에 관한 의견을 주고받았다.

일본은 현재 극도의 혼란에 빠져 있고, 오키나와 등에 주둔해 있던 미군은 서둘러 철수를 시작한 상태라 한일 간의 전쟁에 끼어들 염려가 적다는 것이 주된 의견이다.

법률 전문가들도 초빙되어 강제로 배상금을 받아내는 것에 대한 의견을 주고받았다.

국제법상 문제의 소지가 많다는 의견이 대두되었지만 정순목 권한대행은 콧방귀만 끼었을 뿐이다.

그리곤 아주 짧게 코멘트했다.

"누구든 잘못을 했으면 대가를 치러야 합니다. 그리고 우리는 일본이 어떤 상황에 처해 있든 그걸 신경 써서 배려해 줄 하등의 이유가 없습니다."

아주 냉정한 발언이었지만 국민 대다수는 몹시 통쾌하다는 반응이다. 정순목 권한대행을 차기 대통령으로 추대하자는 의견도 상당히 많이 대두되었다.

언론이나 학계에서 우려 섞인 언급을 쏟아냈지만 이에 동조하는 국민은 별로 없다. 오히려 우려를 표한 인사들에게 친일파가 아니냐는 의심의 눈초리를 보냈다.

급기야 네티즌들에 의한 신상털기가 시작되었다.

집요한 조사가 시작되자 금방 3대 조상은 물론이고, 처가 쪽 족보까지 죄다 적나라하게 까발려졌다.

이번 사태에 우려를 표한 인사 중 친일파의 후손이 하나 끼어 있었는데 집 주소와 직장은 물론이고, 자녀들이 다니는 학교와 반, 그리고 번호와 성명까지 모든 게 공개되었다.

그러자 직장에선 은밀히 권고사직을 요구했고, 그가 사는 아파트 출입구엔 '친일파의 후손과 한 동네에서 못 사니 즉각 이사 가라'는 현수막이 붙었다.

자녀들은 더 이상 학교를 다닐 수 없게 되었다.

학교 게시판에 '친일파의 자식과 함께 공부할 수 없다'는 급우들의 성명서가 붙어 있는 때문이다.

어쨌거나 정순목 권한대행의 발표에 직접적으로 딴지를 거는 국가는 없었다.

권위 있는 해양 및 지질학자들은 일본이 조만간 바다 속으로 빠져들 것이라 전망했다. 영토가 없는 국가는 없으니 일본이라는 나라는 국제사회의 일원이 될 수 없다.

갖은 애를 써도 어차피 사라질 국가이니 한국이 당한 것에 대한 보복성 멘트일 뿐 실제로 규슈를 도모하진 않을 것이라 생각하는 것이다.

* * *

타탕, 타타타탕! 두르르! 두르르르르ー!

콰앙! 콰콰콰쾅ー!

"아악! 케엑! 크헉! 윽! 으아악!"

요란한 총성과 귀청을 찢을 듯한 포성이 난무하자 인간의 찢겨진 신체의 일부가 바닥에 널브러진다.

이곳은 이스라엘 네게브 사막에 위치한 디모나의 외곽이다. 원자로를 포함한 핵 관련 시설들이 있다.

방금 전 공격을 받은 자들은 이스라엘 육군 소속으로 핵무기 발사 기지를 담당하고 있었다.

이 기지는 느닷없는 운석에 의해 90% 정도가 파괴되었다. 발사 장치는 모조리 뭉개졌고, 기지는 폐허가 되었다.

이곳을 지키던 병사들은 사령부의 명령이 없어 떠나지 않고 있다가 아랍 연합군의 공격을 당하는 중이다.

두르르륵! 두르르르르르—! 콰앙! 콰콰콰쾅—!

"케엑! 아악! 크흐흑! 아악! 켁! 끄윽! 커헉!"

총성과 포성에 이어 비명을 지르며 쓰러지는 자들의 머리와 가슴 등에선 선혈이 흘러나온다.

이때 누군가 큰 소리로 고함을 지른다.

"개만도 못한 유태인놈들을 모두 죽여라! 위대하신 알라께서 우리를 수호하신다."

"와아아아! 하나도 남김없이 모두 사살하라!"

"알라후 아크바르! 알라후 아크바르!"

"와아아아!"

두르르르! 두르르르르르—!

장갑차와 전차를 따르며 무자비한 총격을 가하는 이들이 입은 군복은 조금씩 형태와 색깔이 다르다.

이스라엘에 집중적으로 운석이 쏟아진 직후 긴급히 형성된 아랍 연합군들이기 때문이다.

시리아, 요르단, 이집트, 레바논 등지에서 급파된 이들은 눈에 뜨이는 모든 이스라엘군을 사살하고 있다.

작전이 시작된 이후 현재에 이르기까지 단 하나의 포로도 없다. 이번 군사행동의 작전명은 'ساجستير في الغضب'이다.

아랍어로 '분노의 대가'라는 뜻이다.

범이슬람권은 이스라엘이 팔레스타인 등에 무차별적으로 사용한 백린탄을 잊지 않았고, 18개월짜리 아이마저 죽이는 잔학함 또한 망각하지 않았다.

아무런 힘도 없는 어린아이라는 것을 뻔히 알면서도 조준사했던 이스라엘은 용서받지 못할 국가이다.

하여 '알라께서 친히 내리신 천벌'을 마무리하려 이번 성전이 시작된 것이다. 물론 알라가 친히 내린 천벌은 이스라엘에만 운석이 떨어진 사건을 지칭한다.

어쨌거나 아랍 연합군은 그간 당한 것 이상으로 되돌려 주는 중이다. 그 결과 얼마 남지 않은 이스라엘군과 경찰 등은 지리멸렬하는 중이다.

이번 일이 있기 전까지 이스라엘은 정규군 18만 명과 예비역 45만 명이 있었다.

아울러 100기의 핵무기도 보유했다.

이 밖에 3개의 기갑사단, 4개의 기계화 보병여단, 3개의 포병대대가 있었고, 약 4,000대의 탱크가 있었다.

바다엔 3척의 잠수함, 55척의 초계함 및 연안전투함이 있었고, 공군엔 전투기 500대, 아파치 헬기 100대가 있었다.

이스라엘군은 장비, 훈련, 사기, 실전 경험 등에서 최강의 실력을 갖췄고, 정보기관 모사드는 아랍 여러 나라를 비롯한 세계 각처에서 첩보활동을 하고 있었다.

그런데 지금은 아니다.

이스라엘에 수없이 많은 운석이 떨어진 직후 전 세계 과학자들은 놀라지 않을 수 없었다.

지구 인력에 끌려 자유낙하한 운석의 99.9%가 군사시설, 산업시설, 거주구역에만 떨어진 때문이다.

운석 1,000개 중 하나만이 사람이 없는 곳에 떨어졌다.

누군가 지구의 자전속도까지 정밀히 조준하여 떨어뜨린 것 같은 결과이다.

과학자들은 결코 있을 수 없는 일이 벌어졌다며 크게 놀랐다. 그래도 결과는 있다. 하여 과학적 규명을 하려 애를 썼지만 아무것도 증명된 바 없다.

범이슬람권에선 '위대하신 알라' 께서 간악한 유태인들을 지구에서 지우기 위해 천벌을 내렸다는 평가를 내렸다.

아무튼 우주에서 쏟아져 내린 무지막지한 운석들 덕분에 핵무기 발사기지는 100% 사용 불가능한 상태이고, 전투기의 95%는 파괴되었다.

전차의 90%가 고철이 되었으며, 병사의 60% 이상은 목숨을 잃었다. 그런데 이게 끝이 아니다.

나머지 40% 병사 중 15%는 중상을 입어 경각지경에 처해 있으며, 10%는 부상이 심해 운신에 어려움을 겪는 상태이다.

거의 모든 병원까지 작살나서 아무런 치료도 못 하고 죽을 순간만 기다리며 신음하고 있다.

어쨌거나 5%는 경상이고, 나머지 5%만이 멀쩡하다.

이 와중에 들이닥친 아랍 연합군은 추호의 자비도 베풀지 않고 운신 가능한 사내들을 지우고 있다.

이스라엘 병사와 경찰, 공무원 등은 눈에 뜨이는 족족 모두 사살되고 있다. 운 좋게도 운석 러쉬에서 파괴되지 않았던 군사시설과 관공서 등은 모조리 폭파되는 중이다.

"알라의 뜻이다! 단 하나도 남기지 말고 모두 죽여라!"

"와아아아! 간악한 유태인들을 섬멸하라."

타탕, 타타타탕! 콰앙—! 타타타탕! 두르르르—!

"케엑! 크윽! 아악! 컥! 으아악!"

사기충천한 아랍 연합군의 공격에 이스라엘군은 변변한 저항도 하지 못한다.

총탄은 거의 모두 소모되었고, 식량과 물은 없다.

통신, 수도, 전기가 끊겼고, 인터넷도 연결되지 않아 지원 요청을 못 한다. 그래 봤자 사령부 역시 완파되어 아무런 보급도 해줄 수 없는 상태이다.

반미국, 범이슬람 시각의 채널 알 자지라 방송에서 파견한 종군기자는 신나서 전황을 보도하고 있다.

"방금 보신 것처럼 이스라엘 놈들이 쪽도 못 쓰고 죽어나가고 있습니다. 위대하신 알라의 뜻에 따라 우리 아랍 연합군은 현재 이스라엘 족속들의 씨를 말리는 성전(聖戰)을 진행하고 있습니다."

알 자지라 방송 화면엔 잠시 전 총격에 당해 피를 흘리고 쓰러져 있는 이스라엘군의 모습이 비춰진다.

아직 죽지 않았다. 허벅지에 한 방 맞아 당황한 표정으로 비명을 지르고 있다. 이때 누군가 이 사내의 머리에 총구를 들이민다. 그리곤 서슴없이 방아쇠를 당긴다.

타앙! 퍼억―!

머리에 총탄이 박히면서 뒤통수의 일부가 날아가는 모습이 보인다. 곧이어 시뻘건 선혈이 흘러나온다.

이를 보고 있는 이들은 세 가지 반응을 보이고 있다.

분노하는 이들은 유태인이고, 환호를 터뜨리며 즐거워하는 이들은 범이슬람 사람들이다. 이도저도 아닌 이들은 그저 잠시 이맛살만 찌푸릴 뿐이다.

"성전에 참여한 용사들의 무운을 빌어주십시오. 아랍 대연합군은 세상에서 이스라엘의 씨가 마를 때까지 공격 또 공격

할 것을 다짐하고 있습니다."

알 자지라의 종군기자는 상당히 고무되어 있는지 목에 핏대를 세우며 빠르게 지껄인다.

*　　　*　　　*

같은 시각, 미국 워싱턴에선 위기에 처한 이스라엘을 도와야 한다는 시위가 벌어지고 있다.

시위대의 길 건너에선 욕심 사나운 유태인들을 위해 미군의 피를 흘릴 이유가 없다면서 참전 반대 시위를 벌인다.

양쪽 진영은 첨예하게 대립한 채 고함을 질러 상대를 위협한다. 하지만 무력 충돌은 없다. 출동한 경찰들이 두 진영 사이를 완전하게 갈라놓고 있는 때문이다.

말없이 CNN을 통해 이 장면을 지켜보던 미국 국방장관 제임스 포레스탈의 입이 열린다.

"대통령님! 결단을 내려주십시오."

힐러리 로댐 클린턴은 '이스라엘 파병 명령서'에 사인해 달라는 국방장관의 얼굴을 힐끔 바라본다.

"현재 유태교 VS 이슬람교인 상황입니다. 우리가 개입하면 자칫 3차 세계대전으로 비화될 수 있음을 몰라요?"

힐러리는 '유태교 VS 이슬람교'인 상황이 '범기독교 VS

범이슬람교'로 상황이 바뀌면 100% 3차 세계대전이 일어날 것임을 언급한 것이다.

"압니다. 그래도 도와야 합니다. 월가[2])를 누가 장악하고 있는지 잊으셨습니까?"

제임스 포레스탈은 목에 핏대까지 세웠지만 힐러리는 고개를 살래살래 흔든다.

"나는… 우리 미국의 개입이 마땅치 않습니다. 이스라엘은 그동안 너무 많이 나갔어요."

"그래서는 안 됩니다. 이스라엘은 우리 우방입니다."

"늘 문제만 일으키는 우방이지요."

"그건… 인정합니다. 그래도 도와야 합니다. 우리가 이스라엘의 뒤를 든든히 지켜주고 있음을 보여야 합니다."

제임스 포레스탈의 눈은 형형하게 빛나고 있다. 소신이 담겨 있는 발언이라는 뜻이다. 하지만 힐러리는 냉랭하다.

"우리가 왜 그래야 하지요?"

"안 그럼 재선 못 하실 확률이 매우 높기 때문입니다."

힐러리 로댐 클린턴은 잠시 국방장관의 얼굴을 쏘아본다.

"지금… 나를 협박하는 건가요?"

제임스 포레스탈 국방장관을 바라보는 힐러리의 시선엔 싸늘함이 가득하다. 심히 불쾌함을 느낀 때문이다.

---

2) 월가[Wall Street] : 뉴욕의 브로드웨이에서 이스트 리버에 이르는 지역의 일부로 주식거래소를 비롯하여 어음교환소, 연방준비은행, 기타 유력한 시중은행들이 집중되어 있어 뉴욕 주식시장이나 미국 금융자본의 대명사로 일컫는다.

"아, 아닙니다. 협박이라니요? 제가 어찌……."

제임스는 당황한 듯 말도 안 된다는 표정을 짓고 있지만 눈빛엔 그런 기운이 조금도 배어 있지 않다.

"그런데 왜 그런 말을 한 거죠?"

짐짓 떠보려는 의도의 물음이다.

"재선 때 유태인들의 협조가 없으면… 선거 자금 부족으로 당선이 어렵지 않나 해서 그런 말씀을 드린 겁니다."

"흐음! 그들이 지지하지 않으면 무조건 내가 지는 건가 보네요. 참 대단해요. 유태인들……!"

"대, 대통령님!"

이번엔 제임스가 진짜로 절절맨다.

감당할 수 없는 후폭풍이 불 수 있는 발언인 때문이다. 이때 힐러리가 샐쭉한 표정을 짓는다.

"파병 안 하고, 내가 재선을 포기하면 되겠네요."

"네? 그, 그건……."

제임스 포레스탈은 힐러리의 굳어진 얼굴을 보자 슬쩍 물러난다. 그러면서도 할 말은 다 한다.

"조금 더 연구 후에 다시 오겠습니다."

"나가 보세요."

국방장관이 집무실 밖으로 나가자 힐러리는 골치 아프다는 듯 이마를 짚는다. 그러다 문득 생각났다는 듯 책상 서랍을 열고는 파일을 찾는다.

파란색은 현직 각료 및 고위관료와 장성들의 것이고, 분홍색은 입각하지 못한 자들에 관한 인사 파일이다.

"제이, 제이, 제이, 에이, 엠… 흐음! 여기 있군."

제임스 포테스탈의 파일을 펼치자 출생지, 출신학교, 사회보장번호, 입각 이전의 행적들이 빼곡히 기록되어 있다.

부모와 조부모란을 읽어본 힐러리는 그러면 그렇지 하는 표정을 짓는다.

제임스 포레스탈의 조부 제이콥 포레스탈의 직업은 랍비였다. 오리지널 유태인이라는 뜻이다.

미국 국방장관인 제임스가 어떤 교육을 받으며 성장했는지 보지 않아도 뻔하다. 힐러리는 잠시 눈을 감았다. 그리곤 각료들의 파일을 전부 꺼내서 확인했다.

미국의 내각은 15부로 이루어져 있다.

국무부, 재무부, 국방부, 법무부, 내무부, 농무부, 상무부, 노동부, 보건복지부, 주택도시개발부, 운수부, 에너지부, 교육부, 보훈부, 국토안보부가 그것이다.

확인 결과 15명의 장관 중 일곱 명이 유태인의 피가 흐른다. 국무부, 재무부, 국방부, 내무부, 농무부, 상무부, 에너지부 장관이 이에 해당된다.

나머지 여덟 부를 살펴보면 법무부, 노동부, 보건복지부,

주택도시개발부, 운수부, 교육부, 보훈부, 국토안보부이다.

이들의 업무는 주로 미국 내부에 관련되어 있고, 유태인 장관이 있는 부처는 국제적인 일과 관련되어 있다.

이 밖에 대통령 고문단이 있는데 각료급 인사들이다.

부통령 겸 상원의장, 백악관 비서실장, 백악관 관리예산처, 환경보호국, 무역대표부, UN주재 미국대사, 대통령 경제자문위원회, 중소기업청이다.

이들의 파일을 열어보니 8명 중 3명이 유태인이다.

부통령 겸 상원의장, 무역대표부, 그리고 대통령 경제자문위원회를 맡고 있는 이들이 이러하다.

힐러리는 잠시 눈을 감고 각료와 고문들의 면면을 떠올렸다. 대선 캠프 때 공헌이 커서 임명된 이들도 있고, 능력이 인정되어 임명한 사람들도 있다.

이밖에 후보경선 때부터 선거 자금으로 쓰라며 많은 돈을 기탁한 기업 또는 단체의 권유를 받아 입각한 이들도 있다.

당선 직후 조각[3]할 때 난상토론 비슷한 자리를 가진 적이 있다.

누구를 어떤 각료로 임명할 것인지에 대한 각자의 의견을 주고받았던 것이다.

그때의 장면을 떠올려 본 힐러리는 깊은 한숨을 쉬었다.

---

3) 조각(組閣) : 내각을 조직하는 일.

"흐으음……! 그때 내가 왜 몰랐지?"

힐러리 로댐 클린턴은 예일 대학교(Yale University) 법과대학원에서 박사학위를 받은 사람이다.

참고로, 예일대는 코네티컷 주 최고의 대학이다.

한국의 고등학생들이 꿈에도 그리는 하버드, 브라운, 컬럼비아, 코넬, 다트머스, 펜실베이니아, 프린스턴 대학과 함께 아이비리그(Ivy League)를 형성하는 대학이기도 하다.

예일대는 하버드대의 영원한 라이벌이며, 미국에서도 세 손가락 안에 꼽히는 명문대 중의 명문대이다.

이런 대학에서 박사학위를 받은 힐러리 로댐 클린턴은 결코 멍청한 여자가 아니다.

2012년 포브스 '올해를 빛낸 가장 매력적인 여성 12명' 중의 하나였고, 타임지가 선정한 '세계에서 가장 영향력 있는 100인' 중 하나였다.

지난 정부 때엔 국무부 장관직을 역임하며 그 능력을 인정받아 대통령이 될 수 있었다.

그런데 자신의 뜻에 따라 임명했다고 생각한 각료들이 사실은 자기들끼리 밀고 당기며 자기들 입맛에 맞는 좋은 자리를 골라서 결정했다는 느낌이 들었다.

본인조차 알아차리지 못할 만큼 교묘한 상황이 연출되면서 일어난 일이라 자신이 임명한 것으로만 생각한 것이다.

그러고 보니 본인의 뜻이 아니었던 각료가 있기는 하다.

대통령 고문인 미국무역대표부 마이클 프로먼은 대선후보 때 경선 상대였던 버니 샌더스가 경선 포기를 약속하면서 임명을 부탁했던 인사이다.

힐러리는 버니 샌더스에 관한 파일을 찾아보았다. 그리곤 긴 침음을 냈다.

"흐으음!"

버니 샌더스는 히틀러의 유태인 학살을 피해 이민 온 유태인 2세로 대선후보 경선 당시 '미국의 적'은 독점금융 권력의 성역인 월가라 한 바 있다.

그리고 대형은행들을 해체시키고, 조세제도를 개혁하여 극소수 재벌에 편중되어 있는 부(富)를 중산층과 빈곤층에 재분배해야 한다고 주장했다.

유태인임에도 유태 자본에 대한 비판을 하여 사람들의 인기를 끌었다.

그런 버니 샌더스가 강력하게 추천했던 마이클 프로먼은 버니 샌더스의 5촌 질녀와 결혼한 유태인이다.

그러고 보니 하나뿐인 딸 첼시 클린턴의 남편 마크 메즈빈스키 역시 유태인이다.

둘은 10대에 워싱턴에서 같은 학교에 입학하면서 알게 된 사이로, 나란히 스탠포드 대학에 진학 후 사랑을 키워 결혼한 사이이다.

둘의 결혼식은 유태인 랍비 제임스 포넷과 감리교 목사 이럼 쉴라가 공동으로 집전했었다.

힐러리는 트로이의 목마처럼 자신의 곁에 적의 스파이들이 박혀 있다는 느낌이 들자 상당히 불쾌한 기분이 들었다.

이전까지는 유태인들에 대한 호불호가 없었다.

유태인들이 미국 재계는 물론이고, 전 세계 경제까지 쥐락펴락하고 있다는 것을 잘 알고 있지만 그에 대한 반감은 별로 없었다. 정당하게 번 돈이라는 생각 때문이다.

그러니 하나뿐인 딸이 유태인과 결혼하는 것을 반대하지 않았다.

그런데 곰곰이 생각해 보니 그런 것 같지 않다. 주변의 각료들이 자리 잡고 있는 모양새만 보아도 그러하다.

철저히 유태인들로만 권력의 핵심, 또는 영향력을 끼칠 수 있는 자리를 차지하고 있다.

이전까지만 해도 유태인이라 할지라도 능력만 있으면 함께 일을 해도 된다는 생각이었다. 그런데 갑자기 마음이 바뀌었다. 여자의 마음이 갈대 같아서가 아니다.

각료들을 임명할 때 들었던 충고나 권유 등을 고려해 보니 자신이 그들에 의해 놀아났음을 깨달은 때문이다.

심한 배신감이 느껴지자 혐오하는 감정이 불처럼 일어난

다. 마음 같아선 즉시 주변의 모든 유태인을 모두 내치고 싶지만 애석하게도 명분이 없다.

"흐으음!"

힐러리의 장고는 꽤 오랜 시간 동안 지속되었다.

유태인들을 권력의 중심에서 밀어내려면 필연적으로 FRB가 틀어쥐고 있는 '달러 발행권' 도 회수한 뒤, 정부가 주인인 새로운 중앙은행을 설립해야 한다.

문제는 그런 일을 추진했던 에이브러험 링컨과 존 F 케네디가 암살당했다는 것이다.

링컨을 암살한 존 월크스 부스, 케네디를 암살한 리 하비 오스왈드의 공통점은 이들이 진짜 범인인지 여부가 아직까지도 석연치 않다는 것이다. 하여 여러 음모설이 떠돌았다.

그중 하나가 달러 발행권을 회수하려는 대통령들을 유태인들이 킬러를 고용하여 암살토록 했다는 것이다.

젊은 시절의 힐러리도 여러 가설을 흥미롭게 읽은 바 있다. 법학도였기에 확실한 증거가 없으므로 그때는 그저 재미로 읽고 지나쳤다.

그런데 지금 와 생각해 보니 유태인들이 자신의 이익을 위해 취한 행동인 듯싶다. 그러고도 남을 놈들인 때문이다.

"이스라엘에 파병하는 일은 절대 없어야겠군."

이스라엘의 육군과 공군은 궤멸적인 피해를 입었고, 해군도 육상 시설과 병력의 대부분을 잃었다.

잠수함 몇 척만 남아 있는 셈이다.

이런 와중에 아랍 연합군이 물밀듯 들이닥쳐 무차별적인 보복을 가하는 중이다.

그 결과 엄청난 수가 목숨을 잃었다.

모르긴 몰라도 이스라엘의 군대와 경찰 전부가 사망자 명단에 오를 것이고, 저항하는 이들 역시 전부 죽을 것이다.

이 과정에서 어린아이와 여자들까지 목숨을 잃겠지만 그간 이스라엘이 팔레스타인 사람들에게 한 짓이 있으므로 적극적으로 나서서 저지할 수도 없다.

뿌린 대로 거두고 있는 때문이다. 다른 말로 자업자득(自業自得), 자승자박(自繩自縛), 인과응보(因果應報)이다.

오늘 이전의 힐러리였다면 당연히 측은지심과 정의심 때문에라도 파병을 결정했을 것이다.

그런데 지금은 확실히 다르다.

"그래! 파병은 없어. 유태인들이 인류를 상대로 벌인 짓들에 대한 대가라 생각하자."

스스로의 마음의 다잡은 힐러리는 책상 위에 수북한 결재 서류에 시선을 주었다. 그리곤 그것 중 하나를 펼쳐 들고는 금방 삼매경에 빠진다.

이스라엘보다는 미국의 문제에 집중하기로 마음먹은 것이

다. 같은 순간 제임스 포레스탈 국방장관은 유태인 각료들과 함께 회의실에 동석해 있다.

"한시라도 빨리 파병을 해야 하는데 대통령이 말을 듣지 않네. 자네들도 나서주게."

"뭐라고? 대통령이 왜 파병 결정을 미룬다는 건가?"

"글쎄? 나도 모르겠네. 금방 결정을 내릴 것이라 생각하고 들어간 건데 왜 그런 결정을 내려야 하느냐고 묻더군."

"즉각적인 파병이 이루어지지 않으면 재선에 영향이 있을 것이라는 말을 해보지 그랬나."

국무장관의 말을 들은 국방장관은 고개를 끄덕인다.

"했지! 왜 안 했겠는가!"

"그랬더니?"

"그래서 재선이 어렵다면 포기하겠다더군."

"뭐라고……?"

지금껏 느긋한 표정과 자세로 제임스 포레스탈 국방장관에게 시선을 주고 있던 국무부, 재무부, 내무부, 농무부, 상무부, 에너지부 장관들이 일제히 놀란 표정을 짓는다.

이 자리엔 현재 유태계 인사들만 있으니 이런 노골적인 대화를 하는 것이다.

어쨌거나 힐러리가 재선을 포기한다 함은 자신들이 차지

한 자리를 잃는 것을 의미하는 때문이다.

잠시 경악한 표정을 지으며 침묵이 스쳐 지난다.

아무도 예상치 못한 일인 때문이다. 하나 그 시간은 그리 길지 않았다.

"대통령이 유고 상황에 처하면 부통령이 그 자리를 맡네."

에너지부 장관의 발언에 상무부 장관이 잠시 놀란 표정을 짓더니 이내 크게 고개를 끄덕이며 한마디 거든다.

"맞는 말이야! 한국이 지금 그렇지. 승계서열 5위가 전권을 휘두르고 있다더군."

"이보게들……!"

재무장관은 얼른 회의실 사방을 둘러본다. NSA의 뉴 에셜론은 세상 어디든 감시, 감청하고 있음을 알기 때문이다.

"괜찮네. 키스 알렉산더는 우리 사람이니."

국방장관의 말에 다들 놀란 가슴을 부여잡는다는 듯 털썩 기대며 잠시 긴장했던 표정을 푼다.

"그래도 조심할 건 조심해야지. 어쨌거나 대통령이 파병에 소극적이네. 자네들이 나서서 권유할 타이밍을 찾아보게."

"그러지."

다들 고개를 끄덕이자 국방장관 제임스 포레스탈이 자리에서 일어선다.

"나는 파병 준비를 해야겠네. 뒷일을 자네들이 맡아주게."

"그러지! 준비나 철저히 하라고."

"이번 기회에 하마스, 알카에다, 헤즈볼라, 지하드, 탈레반, 보코하람 등의 씨를 완벽히 제거하는 쪽으로 검토해 주게."

말을 꺼낸 재무장관은 웃는 표정이다.

그런데 그 내용은 결코 평화스럽거나 온유하지 않다. 이슬람 저항단체 전원을 말살시키라는 뜻이 담겨 있는 때문이다.

나머지들 역시 고개를 끄덕인다. 역시 유태인의 피를 이어받은 놈들답다.

CHAPTER 03
힐러리에게 전해

전능의팔찌
THE OMNIPOTENT
BRACELET

같은 시각, 현수는 노트북에서 시선을 떼지 않고 있다.

"흐으음! 이놈들 봐라."

방금 전, 백악관 회의실에서 오갔던 대화는 이실리프호에 의해 생생한 음질로 녹음되었다.

음성만으로도 누구인지 쉽게 짐작할 수 있을 정도의 녹음 파일을 반복해서 재생시킨 현수는 피식 실소를 짓는다.

"이놈들이 누굴 흉내 내려고 해? 흐음, 그나저나 이놈들이 이러는 걸 어떻게 한다?"

힐러리 로댐 클린턴은 강한 여인이다. 하지만 목숨을 위협

받는 상황이 되면 어떤 결정을 내릴지 알 수 없다.

아무리 심지 굳은 사람이라 할지라도 심리적 동요에 의해 한순간에 무너질 수 있음을 알기 때문이다.

무방비 상태일 때 당하면 더더욱 그럴 것이다.

그런데 사전에 이렇게 될 것임을 알고 있다면 어찌 되겠는가! 유태인에 대한 반감이 더욱 굳어질 것이 분명하다.

"그런데 어떻게 전달하지?"

현수는 턱을 괸 채 잠시 상념에 빠졌다. 그런데 문득 생각나는 자가 있다.

"근데 접근 가능할까?"

힐러리는 세계 최강대국 미국의 대통령이다. 당연히 웬만한 사람이 아니고서는 만날 수조차 없다.

"뭐 시도를 안 하는 것보다는 낫겠지."

삐이잉—!

인터폰을 길게 누르자 설화가 응답한다.

"네, 오라버니."

"엄 대표를 전화로 연결해 줘."

"네, 알겠어요."

송수화기를 내려놓은 현수는 책상 앞에 놓인 결재서류들을 들춰 보았다.

안주에 건설 중인 기계공업단지의 현황보고가 가장 위에

있다. 내용을 살펴보니 앞으로 열흘 후면 정리 정돈까지 모두 마쳐진다.

현재 생산 중인 품목을 눈여겨보니 대한민국이 일본으로 부터 수입하던 각종 부품과 소재들이 100% 망라되어 있다.

일본과 국교 단절이 되어도 한국의 산업엔 전혀 영향을 끼치지 못한다는 뜻이다.

"남쪽 산업에 문제가 있으니 이건 얼른 공급해 줘야겠군."

현재까지는 대한민국의 수출이 늘어나면 늘어날수록 일본 으로부터 소재와 부품의 수입도 늘 수밖에 없는 구조였다.

참고로, 한국과 일본이 수교한 첫해인 1965년의 대일 무역 적자는 1억 달러였다.

그 당시 돈으로 1억 달러면 엄청나게 큰돈이다.

어쨌거나 그 후로도 매년 적자폭이 커졌는데 2010년엔 무려 316억 달러가 적자였다.

이렇듯 대일 무역 적자 규모가 나날이 커지자 우려의 목소리가 높아졌다. 자칫 산업이 일본에 예속되는 결과가 빚어질 수 있음을 경고하는 의견이 있었던 것이다.

하여 대한민국은 기술력 향상에 힘을 쏟았고, 수입선을 다변화시켰다.

그 결과 지난 2014년엔 216억 달러까지 줄었다.

1965년 수교 이후 2015년까지의 무역 적자 금액의 총합은 무려 5,164억 달러로 집계된다.

열심히 물건 만들어서, 죽어라 수출했는데 원수 같은 일본 놈들 좋은 일만 시켜준 것이다.

한국의 정순목 대통령 권한대행은 일본과 국교를 단절하겠다는 전격적으로 발표했다. 이실리프 왕국은 일본과 접촉조차 하지 않을 것이다.

따라서 일본과의 교역은 이제 없을 일이다.

대신 대한민국과 이실리프 왕국 사이의 활발한 교역으로 바뀌게 될 것이다.

대한민국으로부터 원료를 수입한 이실리프 왕국은 부품과 소재를 만든다. 이를 공급받은 대한민국은 완제품을 생산하여 전 세계로 수출하게 된다.

반대의 경우도 있다.

자원이 풍부한 이실리프 왕국에서 한국으로 원료를 보내고, 한국에서 이를 가공하여 반제품으로 납품하면 안주 기계 공업단지 같은 공단에서 완제품을 만들어 수출하는 것이다.

어쨌거나 이실리프 왕국은 왕정이고, 대한민국은 공화정이다. 체제 자체가 다른 두 국가의 교역은 100% 이실리프 무역상사가 맡아서 처리하는 것으로 결정되어 있다.

신뢰도 문제도 있고, 창구가 하나라면 종합적인 컨트롤이 쉬워지기 때문이다.

문제는 이실리프 왕국이 정식으로 왕국 선포를 한 것이 아니므로 아직은 양국 간 아무런 협약도 맺어져 있지 않다는 것이다. 따라서 수입, 수출을 할 때 통관절차가 애매하다.

"흐음, 이건 문제네."

수교할 때 무관세통관 협약을 맺을 경우 이를 딴죽을 걸고 나설 나라들이 있는 때문이다.

대표적인 두 나라는 미국과 지나이며, 둘 다 FTA가 타결되어 있는 상황이다.

문제는 이들과의 교역 규모가 너무 크다는 것이다. 다시 말해 이실리프 왕국에만 특혜를 줄 수 없다는 뜻이다.

참고로, 아래는 대한민국의 2014년 수출입 규모이다.

순위	국가	수출 규모
1위	지나	1조 619억 달러
2위	미국	8,036억 달러

순위	국가	수입 규모
1위	미국	1조 1,772억 달러
2위	지나	9,590억 달러

이런 상황에서 양국 간 교역만 완전무관세 혜택을 부여할 수는 없다. 형평성을 문제 삼을 것이기 때문이다. 그리고 그것은 곧 대한민국 무역에 타격을 입히는 요인이 된다.

아무래도 관세가 붙으면 완제품 가격이 높아져 국제시장

에서의 경쟁력이 낮아지게 된다.

"끄응! 이건 조금 복잡하군."

현수가 생각하기에도 매듭을 풀려면 상당히 골치 아픈 문제이긴 하다.

"뭐야? 이런 것까지 내가 해결해야 하나? 이건 주영이 부부에게 일임하는 게 낫겠군."

말을 꺼내면 펄쩍 뛰겠지만 어쩌겠는가!

하나 현수 혼자서 이런 것까지 생각해서 타개점을 찾는 것은 비효율적이다.

현수가 들고 있던 파일에 몇 가지 메모를 하고 있을 때 인터폰에서 소리가 난다.

삐이잉—!

"오라버니, 이실리프 정보 엄규백 대표님 연결되었습니다. 3번 누르시고 받으세요."

"응! 알았어."

송수화기를 든 채 3번 버튼을 누르자 기다렸다는 듯 엄규백의 음성이 들린다.

"찾으셨다 들었습니다, 회장님!"

"네! 근데 이 전화는 도청으로부터 안전한가요?"

"아! 그건… 잠시 기다리시면 제가 휴대폰으로 연결하겠습니다."

"그러죠."

수화기를 내려놓고 1~2분이 흐르자 주머니 속이 아닌 책상 위의 휴대폰이 진동을 한다. 처음 보는 것이다.

지이이이잉! 지이이이잉─!

계속해서 부르르 떨자 얼른 받았다.

"회장님! 엄 대표입니다."

"아! 네에, 근데 이건 무슨 전화죠? 내 것이 아닌데."

"앞으론 가급적 그걸 쓰십시오. 도청 불가능한 위성전화입니다."

"위성전화요?"

"네! 이실리프 기술연구소에서 최근에 개발 완료한 겁니다. 지구 어디에서든 통신 가능하며 도청은 불가능합니다."

"삼족오 때문인가요?"

현수는 확실히 머리가 좋다. 무엇 때문에 도, 감청이 불가능한지를 단숨에 꿰뚫은 것이다.

"네, 이실리프 기술연구소에서 말하길 운영체계가 완전히 다른 데다 음성신호를 특수 암호로 변환시킨 뒤 다시 복원하는 신개념 통신서비스라 어떠한 방법으로도 감청 및 도청이 불가능하다고 합니다."

비밀히 완전히 보장된다니 기분이 좋다.

"좋군요. 앞으론 이걸로 연결하지요."

전화기에 스테파니의 동생 샌디 베나글리오의 기술이 개입되어 있다는 말에 고개를 끄덕였다.

"네! 그렇게 하십시오. 그나저나 지시사항이 있습니까?"

"미국의 유태인 각료들이 힐러리 클린턴에게 고의적인 유고 상황을 고려하고 있습니다."

"네에? 그게 정말입니까?"

크게 놀랐는지 엄 대표의 음성이 높아진다.

"그 내용을 은밀히 힐러리에게 전하고 싶으니 방법을 모색해 주세요."

"증거자료가 있습니까?"

"백악관 회의실에서 있었던 각료회의 녹음 자료입니다."

"네에? 그런 걸 어떻게?"

현수는 현재 평양에 있다. 그런데 앉은 자리에서 미국 백악관의 회의 내용을 들었다니 놀란 것이다.

"잊었습니까? 우리에겐 이실리프호가 있습니다."

"아……! 그렇군요. 알겠습니다. 저희가 전하지요."

"전달 방법은요?"

"힐러리 클린턴의 비선과 연결되어 있습니다. 지난 대선 때 사용했던 비선이니 금방 전달될 겁니다."

"알았습니다. 그럼 파일을 보내지요."

"네! 방법은 아시죠?"

이실리프 정보가 사용하는 웹하드를 이용하라는 뜻이다.

통화를 마친 현수는 MP3 파일을 이실리프 정보로 보냈다. 그리곤 아리아니를 호출했다.

"호호! 부르셨어요?"

"그래! 잘 있었지?"

"네에, 근데 여긴 왜 이렇게 숲이 없어요? 씨잉, 짜증이 나요. 헐벗은 산밖에 없어서요."

"아리아니가 복원해 놓으면 다시는 못 건드리게 해줄게."

"정말이죠?"

"그래! 대신 아무 나무나 자라게 하면 안 되니까 조금만 기다려."

휴전선 이북 지역은 현재 대대적인 산림녹화작업이 진행되고 있는데 이는 전 국토의 과수원화가 지시된 때문이다.

하여 사과, 배, 감, 대추, 밤, 은행, 모과, 유자. 석류, 호두, 잣, 살구, 포도 등의 묘목들이 재배되고 있다.

묘목이 어느 정도 자라면 기후와 토질 등을 면밀히 고려하여 식재될 예정이다.

원래는 수년은 걸릴 일이지만 아리아니가 이 일에 개입하여 그 기간을 대폭 단축시켰다. 하여 묘목들은 더없이 싱싱한 상태로 생장하는 중이다.

어쨌거나 허락 없이 산에서 나무를 베어내면 엄한 처벌을 받는다. 아울러 산불을 우려한 의용소방대가 결성되고 있다.

현수가 흔쾌히 고개를 끄덕이자 그제야 마음이 풀린다는 듯 생긋 미소 짓는다.

"참! 저 이제 돼요."

"뭐가?"

"잠시만요!"

아리아니가 사라진 뒤 현수는 고개를 갸웃거렸다. 방금 전에 한 말이 무슨 뜻인지 이해되지 않은 때문이다.

똑, 똑, 똑—!

"네에, 들어와요."

문이 열려 시선을 준 현수는 화들짝 놀라는 표정을 짓는다. 뇌쇄적인 아름다움을 가진 여인이 화사한 미소를 지으며 들어선 때문이다.

"설마, 아리아니……?"

"호호! 네, 저예요. 저 예쁘죠?"

자신의 몸매를 한번 봐 달라는 듯 제자리에서 한 바퀴 도는데 아찔할 정도로 육감적인 모습이다.

신장은 170㎝, 체중 54㎏ 정도인데 들어갈 곳은 확실히 들어가고, 나올 곳은 더욱 확실하게 나와 있다.

웬만한 사내라면 보는 순간 코피를 쏟을 정도이다.

그래서 상당히 많은 미녀들을 섭렵한 현수의 입에서 저절로 탄성이 튀어나온 것이다.

"허어, 세상에……!"

아리아니가 걸친 의상은 몸에 달라붙는 원피스이다.

아직 더운 여름이라 소매가 없고, 가슴 부위는 푹 파였으며, 길이는 매우 짧은 것이다. 당연히 신체의 상당히 많은 부분이 드러나 현수의 눈을 즐겁게 하고 있다.

얼굴은 카이로시아와 로잘린, 케이트와 스테이시, 그리고 다프네의 모습이 섞여 있다.

초절정 미녀들의 예쁜 부분만 섞어놓으면 이상하게 보일 텐데 전혀 그렇지 않다.

절묘한 조화를 이루고 있어 대단히 아름답다.

목에는 목걸이가, 귀에는 귀걸이가 걸려 있으며, 폭 넓은 팔찌까지 패용하고 있다. 머리카락은 금발인데 반짝이는 티아라를 꼽고 있어 공주 같은 모습이다.

곧고 쭉 뻗은 다리는 각선미를 보여주고 있고, 현수의 아공간에서 꺼낸 듯한 예쁜 샌들을 신고 있다.

그러고 보니 페디큐어[4]까지 되어 있다.

"어때요? 마음에 드셔요?"

"그, 그럼! 아주 예뻐."

"호호! 그럼 이 모습으로 고정할게요."

---

4) 페디큐어(Pedicure) : 라틴어로 발을 뜻하는 '페티'와 손질을 의미하는 '큐어'와의 조어. 매니큐어(Manicure)가 손이나 손톱의 손질을 하는 것에 상대하여, 페디큐어는 발과 발톱을 아름답게 다듬는 미용술.

"고, 고정……?"

"네! 그래야 주인님이 헷갈리지 않잖아요. 호호호!"

무엇이 그리 좋은지 몸을 배배틀며 교소를 터뜨리는데 너무나 섹시해 보인다.

그러고 보니 최근엔 아리아니가 자신을 귀찮게 하지 않았다. 꽤 긴 시간이다.

예전엔 하루 종일 어깨 위에 앉아 종알거리거나, 노래를 불러댔고, 처음 보거나 신기한 것이 있으면 그게 뭐냐고 끊이지 않게 물었다.

그런데 그게 언제적 일인지 기억나지 않을 정도이다. 아마도 온갖 미용술과 화장술을 배우러 다니느라 시간을 썼고, 장신구와 패션에 관심을 가진 시간도 길었던 모양이다.

"저요, 이제부터 주인님! 아니, 오라버니의 수행비서예요."

"수행비서?"

"네! 주인님, 아니, 오라버니 뒤를 따라다니면서 수발들어주는 거요. 참! 주인님이라 안 하고 오라버니라고 하는 건 자칫 주인님이 남들 눈에 변태로 보일 수 있어서예요."

"내가 변태라고? 그게 무슨……."

"생각해 보세요. 저처럼 예쁜 여자가 졸졸 쫓아다니면서 주인님, 주인님이라고 하면 남들이 어떻게 생각하겠어요?"

"뭐가 어떤데……?"

현수의 표정을 읽은 아리아니의 입술이 다시 열린다.

"그럼 그들 생각에 주인님, 아니, 오라버니는 변태가 되는 거예요. 오라버니 돈 많은 거 이제는 다 아니까요. 그리고 남자들은 여자가 오라버니라고 부르는 걸 좋아한다면서요?"

"그런 건 또 어디서 배운 거야?"

"드라마와 로맨스 소설이요. 참 재미있더라구요. 특히 한국 드라마는 묘한 중독성이 있어서 좀처럼 끊을 수가 없더라구요. 입에서 욕은 나오는데 말이죠. 헤헷!"

현수는 아리아니의 재롱을 잠시 보고 있었다.

"참, 남들이 있을 땐 그냥 이 비서라 불러주세요."

"이 비서?"

"아 비서라 부르면 이상하잖아요. 그러니까 제 이름의 끝 글자를 따서 그냥 이 비서라 부르세요."

"끄응!"

예쁘긴 한데 약간은 푼수 같다. 그럼에도 하는 짓이 전혀 밉지 않다.

"알았어! 그나저나 보고 좀 해봐."

"보고요? 무슨 보고요?"

"4대 정령들 하는 일!"

"텔레비전으로 다 보시잖아요. 여기저기 땅 꺼지게 하고, 다른 데는 솟아나게 하고. 원자력 발전소는 지각판 아래로 밀어 넣고 뭐 그러고 있어요."

"근데 정령력이 부족하진 않은 것 같아?"

"그거요? 으음! 조금 과하게 쓰는 부문이 없지 않아요. 근데 할 수 없잖아요. 워낙 규모가 큰일이니까요. 조금 힘에 부쳐 하기는 해요. 좀 심하다 싶으면 아르센 대륙에 한번 갔다 오면 괜찮아질 거예요"

"그렇지?"

예상대로이다. 아무리 정령왕이라 하지만 열도 전체를 가라앉히면서 화산이란 화산은 다 폭발시키고, 다른 곳은 솟아오르도록 하는 게 쉽지는 않을 것이다.

"애쓰고 있지만 불러서 말로만 치하만 하셔도 되요. 너무 오냐오냐하면서 배려하면 애들 버릇 나빠지거든요."

"······!"

바람의 정령왕 세리프아와 물의 정령왕 엘레이아를 심하게 견제하는 뉘앙스가 느껴진다.

세리프아는 신장 170㎝ 정도의 푸른빛이 감도는 금발머리이고, 엘레이아는 168㎝ 정도 되는데 연보라빛 글래머이다.

둘의 공통점은 현재의 아리아니만큼 아름답다는 것이다.

셋 다 인간이 아니긴 마찬가지인지라 말로 형용하기 힘든 신비함까지 갖고 있다. 그러니 시샘 내지는 질투 때문에라도 가까이 대하지 말라는 뜻으로 이런 말을 한 것이다.

"참! 이제부터 제가 오라버니라고 부르기로 했으니까 걔들은 주인님이라도 부르도록 시킬게요."

"걔들?"

"네, 엘레이아와 세리프아요. 걔들은 주인님이라 부르고, 노이아와 이프리트는 마스터 부르는 게 좋을 거 같아요."

여성체는 주인님, 남성체는 마스터라는 뜻인데 뉘앙스가 요상하다. 현수의 시선을 받은 아리아니가 살짝 혀를 내민다.

미치도록 고혹적인 모습이다.

"고것들은 주인님이라 부르게 하고 전 오라버니라 부르게 해줘용. 네에?"

아리아니가 드라마나 로맨스 소설을 너무 많이 접한 모양이다. 그래도 어쩌겠는가!

순진한 요정이니 인간처럼 대하면 안 된다.

그러고 보니 요정이나 천사는 느낌상 비슷하다.

고대의 문헌을 보면 타락천사는 본시 순백이었는데 한 번 잘못 물들어 그렇게 되었다고 설명되어 있다.

한국의 일부 드라마나 로맨스 소설이 문제인 거지 아리아니에겐 아무 죄도 없다.

"어휴! 알았다, 알았어. 그렇게 해."

"헤헷! 기분 조오타."

쪼오옥—!

후다닥 달려와 현수의 뺨에 키스를 하곤 떨어진다.

"아리아니!"

"오라버니 된 기념이에요. 호호호!"

교소를 터뜨리는 아리아니를 보고 현수는 고개를 설레설레 흔들었다. 아무래도 무엇이든 제 마음대로 하려는 말괄량이 여동생이 하나 생긴 듯한 기분이 든 때문이다.

그런데 오라버니라 부르는 건 그리 어렵지 않은 일이다. 연인이나 부부 사이에도 오빠라 부르는 커플이 많다.

오라버니는 오빠의 옛말일 뿐인데 이처럼 즐거워하니 괜스레 기분이 좋아진다.

"그게 그렇게 좋아?"

"호호! 네에. 좋지요 그럼. 아! 참, 깜박 잊을 뻔했네."

"뭘?"

"백두산에서 동남쪽으로 약 30㎞ 정도 떨어진 곳에 삼지연이라는 호수가 있는 거 혹시 알아요?"

"삼지연? 이름은 들어본 것 같네."

삼지연은 양강도 동북부 해발 1,585m에 위치한 백두용암대지의 평탄한 수림 속에 위치한 호수이다.

북한 천연기념물 제347호로 지정되어 있는데 특이하게도 흘러드는 강이나 하천도 없고, 흘러나가는 곳도 없는 완벽하게 고인 물이다.

그럼에도 썩지 않으며, 물이 맑고 아주 깨끗하다.

"알죠? 제가 거기에 씨앗 하나를 심었어요."

"호수에다 씨앗을 심어? 무엇의 씨앗인데?"

"세계수의 씨앗이에요."

"뭐어? 세계수의 씨앗? 아르센 대륙에 있는 그거?"

"네! 거기가 여기서 가장 지세가 강한 곳이에요. 마나 농도도 제일 진하구요. 물도 많아서 세계수가 성장하기에 아주 딱이에요. 그러니 거기서 나무가 솟으면……."

아리아니는 드래곤 로드인 옥시온케리안의 고모 켈레모라니와 함께하기 전부터 존재했다.

당시에도 숲의 요정이었는데 주된 임무는 세상 모든 숲이 싱싱하고 건강하게 유지되도록 보살피는 것이다.

그중엔 세계수 역시 포함되어 있다.

아리아니는 토틀레아 일족이 지키던 세계수가 시름시름 앓고 있다는 걸 알았지만 지하에 묻힌 마종의 사악한 기운을 없앨 능력은 없었다.

어쨌든 현수에 의해 세계수가 푸르름과 싱싱함을 되찾게 되었다. 그리고 지난번 방문 때 아리아니는 세계수와 많은 대화를 나눴다.

그때 지구에 관한 이야기를 했다. 인간들의 욕심 때문에 환경이 파괴되고 있음을 알게 된 세계수는 씨앗을 내주었다.

나무 몇 그루가 더 자란다 하여 지구의 수질오염, 토양오염, 대기오염을 완벽하게 제거할 수는 없겠지만 그래도 없는 것보다는 훨씬 낫지 않겠느냐는 의견이었다.

그중 하나를 삼지연에 심었다는 것이다.

현수 덕분에 4대 정령왕을 부리게 되는 권능을 가졌으니 발아(發芽)하고, 생장하는 것은 문제도 아닐 것이다.

"삼지연은 용암대지 위에 있어서 그 아래는 수천 년 전의 양분이 고스란히 보존되어 있어요. 그러니 사람들이 생각하는 것보다 훨씬 빨리 쑥쑥 자랄 거예요."

"아! 그래? 노이아가 뭔 일은 하는 거구나?"

단단한 바위 층 아래엔 오염되기 이전의 토양이 보존되어 있다는 뜻임을 금방 알아들었다.

암석층을 깨어 구멍을 내면 세계수의 뿌리가 고대의 토양 속으로 뻗어 나가게 된다. 그러는 사이에 삼지연의 물은 서서히 땅 속으로 스며들게 된다.

식물 생장에 가장 적합한 상태가 되게 하는 건 숲의 요정인 아리아니가 알아서 할 일이다.

"네! 아마 지금쯤 발아하고 있을 거예요. 탈 없이 잘 자라도록 제가 숲의 가호를 내릴 테니 오라버닌 가이아 여신의 축복을 내려주세요."

"아! 무슨 뜻인지 말았어. 그래, 당연히 그래야지."

현수는 크게 고개를 끄덕였다.

대한민국과 국경이 된 휴전선 이북 지역은 이실리프 왕국의 영토로 선언될 것이다. 이곳의 자연환경을 회복시키고 지구 전체에 흩어져 있는 마나를 끌어당겨 사람들이 살기 좋게 하는 세계수가 자라는 건 아주 좋은 일이다.

그렇기에 흔쾌히 고개를 끄덕인 것이다.

"씨앗이 더 있으면 반둔두와 비날리아, 그리고 아와사 같은 곳에도 하나씩 심어줘."

"네에, 적합한 장소가 있나 찾아볼게요."

아리아니가 고개를 끄덕인다. 참 예쁜 모습이다.

"아무튼 정령들이 애쓰고 있다니 불러서 치하부터 해야지. 그리고 아르센 쪽에 가서 할 일도 있고."

"아! 그래요? 그럼 지금 불러요?"

"일단 가서 확인해 봐. 일에 연속성이 있어야 하니 중간에 끊지는 말고. 바로 가야 하는 건 아니니까 시간적 여유는 있어. 뭔 소린지 알았지?"

"호호! 네에. 그럼요!"

"그건 그렇고 다른 것들은 어때? 여기저기 벌려놓은 건 많은데 내가 수습하는 게 너무 없는 것 같다."

"나무 심고 이러는 건 제가 다 알아서 했어요. 농토나 수로를 만드는 건 노이아가 애썼고요. 농업용수 공급은 엘레이아가 맡아서 잘했구요. 온도가 너무 높거나 낮은 건 세리프아가 적절히 조절하고 있어요."

"그럼, 내가 신경 덜 써도 되는 거지?"

"네에. 개간하고 농사짓고 이런 건 사람들이 쉽게 일할 수 있도록 맞춰서 잘하고 있어요."

농토로 개간을 해야 하는데 너무 단단한 땅이다 싶으면 개간작업을 하기 전에 노이아가 먼저 땅을 무르게 만든다.

작업 중 먼지가 많다 싶으면 엘레이아가 적절한 비를 뿌려주고, 덥거나 추우면 이프리트가 열을 빼앗거나 내놓은 뒤 세리프아가 바람 불게 하여 공기 조절을 맡아준다는 뜻이다.

"고맙군. 정말 고마운 일이야."

현수가 아리아니와 대화를 하고 있는 동안 힐러리 클린턴 미국 대통령은 딸 첼시가 보낸 이메일을 확인하고 있다.

"어라? 이 계정은……?"

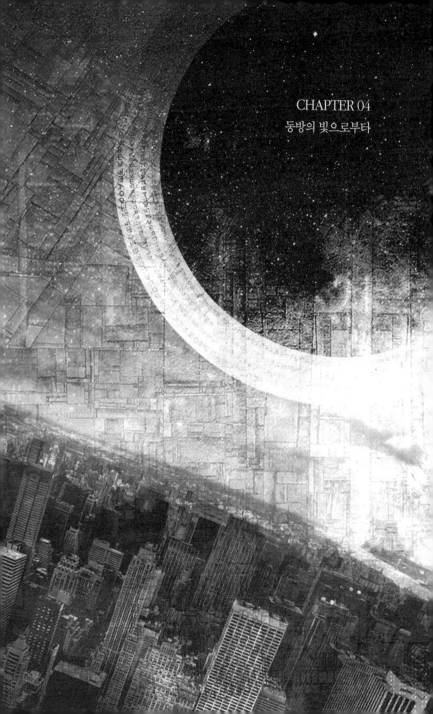

CHAPTER 04
동방의 빛으로부터

힐러리는 여러 개의 이메일 주소가 있다.

그중 하나는 공식적으로 사용하는 계정이 아니라 사적인 비밀 계정이다. 남편 빌 클린턴과 첼시만 사용한다.

언론에 알려지거나 다른 이들이 알지 않았으면 좋을 속내를 털어놓을 때 쓰자고 만든 것이다.

첼시는 이 계정으로 딱 두 번 메일을 보내왔다.

첫 번째는 결혼식을 며칠 앞두고 과연 이 결혼을 해야 하나 하는 망설임이 담긴 내용의 이메일이었다.

그때 힐러리는 다 그런 거라면서 '너는 늘 올바른 결정을 하는 아이였으니 이번에도 옳을 것' 이라는 조언을 해줬다.

두 번째는 대선후보가 되어 치열한 유세전을 펼칠 때였다.

그런데 그때는 너무 바빠서 직접 확인할 수 없어 비서로 하여금 이메일을 온 걸 인쇄해 달라고 했었다.

유세장으로 이동하는 차 안에서 보았던 것 같다.

"그때 그 내용이 뭐였지?"

유세 당시엔 산지사방으로부터 각종 정보가 쏟아져 들어올 때이다. 상대 후보의 강점과 약점, 그가 한 연설의 내용 중 틀린 부분과 논리의 비약이 심했던 부분, 다음 유세 장소, 그리고 그 유세지 분위기와 선거 자금 모금 현황 등이 뒤죽박죽으로 전해지던 때이다.

그때는 아침에 눈을 뜨는 순간부터 지친 몸을 침대에 누이는 순간까지 사람들의 손에 이끌려 다니느라 정신이 하나도 없었다. 그렇기에 첼시가 보냈던 이메일의 내용이 기억나지 않은 것이다.

"그 아이가 뭘 보냈을까?"

새로 온 이메일을 보려던 힐러리는 대선후보일 때 받았던 것을 먼저 클릭했다.

안녕, 엄마!
요즘 선거 때문에 정신이 없지?

도와주고 싶은데 괜히 거치적거릴 것 같아 물러서 있는 거 알지? 늘 뒤에서 엄마를 응원하고 있다는 거 잊지 마.

참! 나 오늘 어떤 사람으로부터 엄마에게 꼭 전해 주라는 정보를 받았어. 내가 읽어봤는데 엄마한테 도움이 될 것 같아서 이메일로 보내.

근데 공용메일로 보내면 너무 메일이 많아서 읽지 않을 수 있어서 가족 계정으로 보내는 거니까 이해해 주라.

그리고 이번 선거에서 꼭 이겨서 날 또 한 번 대통령의 딸이 되게 해줘. 사랑해~!

참, 그 사람이 준 건 파일로 첨부했어.

요 아래를 클릭해 봐.

　　　　　　　　　　—엄마의 사랑스런 딸 첼시가♥

이메일의 내용을 읽는 힐러리의 입가엔 미소가 번진다. 조금 전까지 참담했던 기분이 스르르 풀리는 것 같아서이다.

그리곤 아래에 첨부된 파일을 클릭했다. 용량을 봐선 TXT 파일 같은데 문서가 열리지 않는다.

"으잉?"

화면엔 이 문서를 보기 위해 인터넷에서 응용프로그램 검색을 하겠느냐는 메시지가 뜬다.

다른 이메일 같으면 절대로 클릭하지 않았을 것이다.

보안팀으로부터 자칫 해킹 바이러스를 불러들이는 일이 된다는 교육을 받은 때문이다.

그런데 이건 딸인 첼시가 보낸 것이다. 결코 자신에게 해될 일을 할 아이가 아니다. 그렇기에 주저 없이 인터넷에서 응용프로그램을 찾아보겠다는 것을 클릭했다.

잠시 검색하는가 싶더니 처음 보는 문자가 뜬다.

파란 바탕에 하얀 글씨인데 위엔 2014라 쓰여 있고, 아래엔 두 글자가 보이는데 뭔지는 모르겠다.

"흐음, 뭐라 쓴 거지……?"

고개를 갸웃거리며 압축파일을 풀겠다는 걸 클릭했다.

잠시 후 완료되었다는 메시지가 뜬다. 그러더니 뷰어 하나가 열린다. 그리곤 제법 긴 내용의 텍스트가 보였다. 당연히 영문이다.

친애하는 힐러리 로댐 클린턴 후보께!

안녕하십니까?

먼 곳에서 당신을 지켜보는 지지자입니다.

제게 지극히 중요한 정보가 있어 따님인 첼시 클린턴 양에게 부탁하여 이것을 보냅니다.

이 내용의 진위는 믿으셔도 될 겁니다.

당신과 치열한 유세전을 벌이고 있는……

…하략…….

　문서의 내용은 공화당 후보에게 거액의 정치자금이 흘러 들어갔는데 지나에서 보냈다는 것이다.

　지나는 공화당 후보가 당선되도록 하여 자국의 이익을 극대화하려는 취지에서 선거 자금을 분산시켜 보냈다.

　가명, 또는 차명계좌로 송금된 액수가 문제가 아니다.

　보낸 이들의 면면이 삼합회를 비롯한 흑사회 조직들이다.

　첨부파일엔 실제 계좌 주인의 인적 사항이 있었는데 삼합회를 비롯한 흑사회 조직원들이다.

　이들은 1억 5,000만 달러를 선거 자금으로 제공할 테니 공화당이 정권을 쥐게 되면 지나인들에 대한 무비자 입국을 허용해 달라는 요구를 했다.

　지나인들에 대한 무비자 입국이 허용될 경우 미국은 여러 문제와 직면하게 될 것이다.

　범죄 발생 건수가 대폭 늘어나고, 다른 민족과의 마찰 또한 만만치 않을 것이다. 게다가 안하무인하고 이기적인 지나인들의 태도 때문에 여럿이 불쾌함을 느끼게 될 것이다.

　무기밀매, 마약밀수, 인신매매 같은 것이 훨씬 더 많아질 것은 불을 보듯 뻔한 일이다.

　선거 막바지에 힐러리 클린턴은 이 돈에 대한 것을 언론에 터뜨렸다. 그 결과 호각지세였던 상황에서 저울추가 확연히 기울게 되었고, 결국 대통령이 되었다.

"이걸 첼시가 보낸 거라고?"

생각해 보니 유세장으로 이동하는 차에서 이 내용을 읽었다. 하여 즉시 참모진들에게 사실 확인을 요구했다.

다음 날, 기자회견을 통해 이 사실이 공표되면서 선거의 분위기가 반전하게 되었음을 똑똑히 기억한다.

"첼시가 일등공신이었네."

힐러리는 흐뭇한 기분이 들었다. 누가 보낸 건지는 중요하지 않다. 그때 이후로 한 번도 이것과 관련된 접촉이 있었다는 보고를 받은 바 없기 때문이다.

"그러고 보니 고마운 사람이네. 근데 누굴까?"

힐러리는 고개를 갸웃거렸지만 인터폰을 누르지 않았다.

컴퓨터 화면을 캡쳐하여 인쇄하면 어떤 나라에서 쓰는 뷰어인지 알 수 있을 것이다.

그러나 그러지 않은 이유는 보안 때문이다.

전 같으면 지체 없이 비서를 불러서 지시를 했겠지만 지금은 아니다. 주변에 포진되어 있는 유태인들 때문이다.

"흐음! 그나저나 첼시가 이번에는 또 무슨 내용으로 메일을 보냈을까? 설마 이혼하겠다는 건 아니겠지?"

미국의 정가(政街)는 윤리적으로 엄격하다.

이혼이 일상사인 나라지만 정치인들의 이혼 경력은 큰 오점으로 작용된다. 가정도 제대로 건사하지 못하는 인간이 어찌 정치를 하겠느냐는 뜻이다.

수신제가치국평천하(修身齊家治國平天下)라는 동양의 개념이 미국의 정가에 뿌리내리고 있는 것이다.

안녕, 엄마!

나, 엄마의 사랑스런 딸 첼시~!

아빠에 이어 엄마도 대통령이 되어서 너무 좋아.

경호원들이 귀찮기는 하지만~!

선거할 때 내게 엄마에게 정보를 전해 달라던 사람으로부터 다시 연락이 왔어.

이번엔 긴급이래.

근데 나더러 읽지는 말고 전해만 달라네.

어쨌거나, 믿을 만한 친구가 준 거니까 이번에도 보내.

요 아래를 클릭해서 첨부된 파일을 읽어봐.

— 딸 첼시가

힐러리는 아래의 첨부파일을 클릭했다. 뷰어가 깔려 있어서 그런지 단번에 화면이 열린다.

친애하는 힐러리 로댐 클린턴 대통령님께.

거두절미하고, 긴급히 전해 드려야 할 지극히 중대한 사안이 있어 따님인 첼시 양을 통했습니다.

이번에도 직접 나서지 못함을 양해하여 주십시오.

/http://darm.net/으로 가셔서 아이디(unbie)와 비밀번호(eogksalsrnr)를 입력하시면 '내게 쓴 편지' 한 통이 있을 겁니다. (아래 화면 참조)

거기에 첨부된 MP3 파일이 전해 드리고자 하는 중대한 내용입니다.

주위를 모두 물리치신 후 혼자 확인하시길 권해 드립니다.

다음엔 좋은 소식을 전할 수 있는 날이 되기를 바라며 이만 줄이겠습니다.

— 당신을 지켜보는 동방의 빛

고개를 갸웃거린 힐러리는 첨부된 화면 중 동그라미가 쳐져 있는 것을 확인했다. 한글을 읽을 수 없어 어떤 것이 '내게 쓴 편지'인지 모르기 때문이다.

이를 눈여겨보고는 하이퍼링크를 타고 포털 사이트 창을 새로 열었다. 그리곤 아이디와 비번을 차례로 입력했다.

알려준 대로 클릭해서 들어가 보니 메일이라곤 딱 하나뿐이다. 거기엔 첨부파일 하나가 있었다.

컴퓨터에 저장하려다 그러지 않고 열기만 했다. 이번에도 보안 때문이다.

"한시라도 빨리 파병을 해야 하는데 대통령이 말을 듣지 않네. 자네들도 나서주게."

"뭐라고? 대통령이 왜 파병 결정을 미룬다는 건가?"

"글쎄? 나도 모르겠네. 금방 결정을 내릴 것이라 생각하고 들어간 건데 왜 그런 결정을 내려야 하느냐고 묻더군."

"즉각적인 파병이 이루어지지 않으면 재선에 영향이 있을 것이라는 말을 해보지 그랬나."

"했지! 왜 안 했겠는가!"

"그랬더니?"

"그래서 재선이 어렵다면 포기하겠다더군."

"뭐라고……?"

"대통령이 유고 상황에 처하면 부통령이 그 자리를 맡네."

"맞는 말이야! 한국이 지금 그렇지. 승계서열 5위가 전권을 휘두르고 있다더군."

"이보게들……!"

"괜찮네. 키스 알렉산더는 우리 사람이니."

"그래도 조심할 건 조심해야지. 어쨌거나 대통령이 파병에 소극적이네. 자네들이 나서서 권유할 타이밍을 찾아보게."

"그러지."

"나는 파병 준비를 해야겠네. 뒷일을 자네들이 맡아주게."

"그러지! 준비나 철저히 하라고."

"이번 기회에 하마스, 알카에다, 헤즈볼라, 지하드, 탈레반, 보코하람 등의 씨를 완벽히 제거하는 쪽으로 검토해 주게."

힐러리의 표정이 눈에 띄게 굳어진다.

음질이 너무 좋아 음성만으로도 누가 말을 한 것인지 확연히 구별된 때문이다.

누군가 정치적 공작을 위해 가짜로 만든 파일이면 신의 솜씨라 할 만큼 대단한 성대모사이다.

그런데 그럴 확률은 매우 적다. 각자의 특성이 너무도 확연한 때문이다. 말을 하는 동안 호흡을 잠시 끊는 것이라든지, 특유의 억양, 그리고 음색까지 완벽하다.

"으으음!"

힐러리는 지그시 어금니를 물었다.

본인에게 위해를 가하려 하는 자들이 있는 것도 불쾌한데, 그들이 자신을 보좌하는 각료들이기 때문이다.

"근데 이걸 어떻게 녹음했지?"

백악관은 도청과 감청이 불가능한 곳 중 하나이다. 보안의 중요성을 누구보다도 잘 알기 때문이다.

하여 매일 수시로 검사를 한다.

그런데 MP3의 음질은 잡음 하나 없이 깨끗하다.

'지금은 누가 도청 내지 감청을 했는지보다 이 내용이 더 중요해. 근데 이걸 누구와 상의하지?'

힐러리는 남편에게 전화를 걸었다.

빌이 대통령일 때 백악관 인턴 모니카 르윈스키와의 성추문이 있은 후 다소 소원해지긴 했지만 늘 많은 도움이 되는 존재이다.

"빌! 'unbie@darm.net'인 아이디로 메일 보낼 거예요. 바로 확인해 보고 연락 줘요."

"그래? 알았어, 바로 확인하지."

"참! 주위를 모두 물리치고 혼자 들어야 해요."

"그래? 중요한 것인 모양이군, 알았어. 바로 확인할게."

짧은 통화를 마친 힐러리는 첨부된 파일을 재전송하도록 했다. 빌이 받았는지 여부가 확인되는 걸 지켜보느라 화면에 시선을 주고 있었다.

그런데 화면이 생소하다.

"처음 보는 사이트네. 그리고 이건 어느 나라 문자지?"

비서를 부르면 즉각 해결될 문제지만 그러지 않았다.

지금은 사방에 깔린 게 적이다.

그리고 백악관 근무자 중 누가 자신에게 위해를 가할지 구분할 수 없는 상황이다. 그러니 도움을 청할 수도 없다.

"끄응! 여긴 백악관인데."

자신의 근거지가 세상에서 가장 위험한 곳으로 바뀐 느낌이다. 당장에라도 문을 열고 들어와 소음기 달린 총으로 쏠 것만 같다.

조금 불안한 기분이 들어 문을 잠그려 일어서는데 휴대폰이 진동을 한다. 남편이 건 전화이다.

"이거, 아무도 모르는 거지?"

"그럼요."

"잘했어. 일단은 평상시와 같이 집무실을 지켜. 그리고 정시에 퇴근하고. 지금부터는 내가 알아서 움직일게."

"그래요, 빌! 고마워요. 신경 써줘서."

"당연한 일이야! 난 당신의 남편이라고. 이젠 조금 늙어서 기운만 없을 뿐이야."

"뭔 일 있으면 바로 연락할 테니 전화기 꼭 휴대해요."

"응! 모든 일정 취소하고 곧장 그리로 갈 테니까 오늘은 외부 이동을 모두 캔슬시켜."

"네! 그럴게요."

힐러리는 남편이 믿음직스럽다 느꼈다. 그러자 기분이 조금 풀린다. 잠시 멍한 표정으로 있다가 다시 화면에 시선을 주었다.

"동방의 빛?"

힐러리는 'The lamp of the East'를 입력하고 검색했다.

인도의 시성(詩聖) '라빈드라나트 타고르(Rabindranath Tagore)'가 일본 식민 통치라는 암흑 속에서 신음하던 '조선민족'에게 보내는 희망의 메시지를 담은 짧은 시이다.

이 시를 검색해 보니 다음과 같이 뜬다.

In the golden age of Asia
Korea was one of its lamp—bearers
And that lamp is waiting to be lighted once again
For the illumination in the East.

일찍이 아세아의 황금 시기에
빛나던 등촉의 하나인 조선
그 등불 한 번 다시 켜지는 날에
너는 동방의 밝은 빛이 되리라.

"한국인인 거야?"

동방의 빛이 사람의 이름일 리는 없다. 따라서 이걸 누군가 닉네임으로 쓰는데 한국인이 아니라면 쓸 일이 없다.

"첼시에게 한국인 친구가 있었나?"

힐러리는 기억을 더듬어 보았다. 중학교 때 친구 중에 아그네스 정이라는 아이가 있었다.

한국에서 이민 온 가정의 아이였는데 첼시의 생일 때 떡이라는 걸 선물로 가져왔던 것이 기억에 남는다.

그때 가져온 것은 오색경단이라는 것인데 찹쌀가루를 익반죽하여 동그랗게 빚어서 끓는 물에 익혀 여러 가지 고물을 묻힌 것이다.

동글동글한데 노란색, 검은색, 밤색, 연두색, 아이보리색으로 만들어진 것을 처음 보았을 때엔 장난감인 줄 알았다.

먹어보곤 그 담백한 맛이 아주 인상적이었다. 하여 가끔 아그네스의 엄마에게 부탁하여 오색경단이라는 것을 먹었다.

"그럼, 아그네스를 통한 건가?"

첼시에게 가까운 한국인이라면 중학교 때 친구 아그네스뿐이다.

궁금한 것을 참지 못하는 힐러리는 첼시에게 이메일을 보냈다. 물론 가족 전용 메일이다.

사랑하는 딸~!

세상에서 제일 바쁜 엄마다.

네가 보내준 이메일 잘 받았는데 그거 혹시 중학교 때 친구 아그네스를 통해서 받은 거니?

그렇다면 누가 보낸 건지 알아봐 줄래?

—your mom

아그네스는 첼시와 같은 나이이다. 따라서 자신에게 보내 준 일련의 메일 같은 것을 보낼 능력이 없다.

따라서 동방의 빛은 제3자이다. 일방적으로 도움을 주는 존재이니 감사의 뜻은 표해야 한다.

힐러리는 메일을 보내놓고 턱을 괸 채 잠시 기다렸다.

언제 간악한 유태인 놈들이 자신에게 위해를 가할지 모르지만 지금은 이렇게 있고 싶어서이다.

딩동~!

메일이 도착했다는 소리에 화면에 시선을 주니 첼시로부터 답장이 와 있다.

엄마! 나 진짜로 깜짝 놀랐어.

그거 엄마한테 보내 달라고 한 게 아그네스 맞거든.

확실히 우리 엄마는 머리가 좋아♥!

어쩜 그렇게 콕 집어서 한 번에 맞추지? 신기해~!

아그네스가 우리 집에 온 게 딱 세 번이거든.

아무튼 나도 궁금해서 물었는데 아그네스도 잘 모른대.

학창 시절에 한국에서 장학금을 보내주던 사람이 있었는데 그 사람이 부탁해서 보낸 거야.

돌아가신 아빠의 친구라는 것만 아는데, 그분의 부탁이라 나를 통해 엄마에게 이메일이 간 거야.

암튼 난 더 이상의 정보가 없어.

아그네스가 자기 연락처 가르쳐 줘도 된다고 했으니까 엄마가
전화 걸어봐.

호호, 그 계집애 아마 깜짝 놀랄 거야ㅎㅎㅎ

아무튼 제3자인 난 빠져요.

메일의 아래엔 아그네스의 현주소와 전화번호, 그리고 직
장명 등이 있었다.

힐러리는 메모지에 옮겨 적는 대신 휴대전화를 들었다. 사
적인 용도로만 쓰는 것이나 요금도 본인이 내는 것이다.

♩ ♪ ♫ ~ ♪ ♫ ~ ♫ ~ ♬ ~ ♪♩ ~ ♩ ♫ ♪ ~

컬러링을 들어보니 한국의 걸그룹 다이안이 발표한 '사랑
하는 마음'이란 곡이다.

대단히 서정적인 멜로디와 가사인지라 들을 때마다 젊은
시절의 뜨거웠던 사랑을 떠오르게 한다.

빌보드 챠트에서 1위를 했던 곡이라 힐러리도 잘 아는 곡
이다. 잠시 허밍으로 따라 불렀다. 가사의 내용은 알지만 한
국어 가사를 따라 부르긴 어렵기 때문이다.

"Hello! This is Agnes."

"Uhh, I'm Hillary. Chelsea's mom."

"What? Oh, my god. I'm really really nice to……."

평범한 한국계 이민자 아그네스 정은 미국의 현직 대통령으로부터 직접 걸려온 전화를 받고 한참 동안 패닉 상태가 되었다. 뭐라고 아주 빠른 속도로 떠드는데 힐러리는 알아듣기 힘들었다. 영어가 아닌 한국어였던 때문이다.

그런데 곁에 누군가가 있는 듯하다. 하여 개인적인 통화를 원한다고 했고 잠시 후 사태가 정리되었다.

"아그네스! 오랜만이지."

"네, 대통령님!"

"첼시를 통해 두 번이나 이메일을 받았는데 누가 너에게 그걸 전해 달라고 부탁했는지 알려줄 수 있겠니?"

"으음, 그분은 제 학창 시절 때 장학금을 보내주신 분인데요. 저는 그분의 이메일 주소만 알아요. 그거 알려드릴게요. 받아 적으실 수 있으신가요?"

통화를 마친 힐러리는 아그네스가 알려준 이메일 주소를 유심히 살폈다. 이메일 계정을 서비스하는 포털 사이트는 한국의 것이다. 따라서 자신에게 중요한 정보를 두 번씩이나 보내준 사람은 분명 한국인일 것이다.

그러고 보니 주미한국대사 윤성우가 외무장관 존 캐리와 나눴던 이야기가 떠오른다.

주한미군의 주둔 목적이 제거되었으므로 철군해 달라고

했다. 계속 주둔해야 할 경우엔 SOFA를 개정해야 하고, 부지 사용료 등도 내라고 했다.

아울러 전시작전권도 회수할 것이며, 일본과의 분쟁에 끼어들지 말라고 했다.

전에 없이 당당한 요구이다.

스텔스기를 잡아내는 신형 레이더와 새로운 스텔스 도료를 개발한 후 부쩍 자신감이 늘어난 모양이다.

그리고 보니 '동방의 빛'은 백악관 회의실마저 감청할 능력을 가졌다.

힐러리는 아그네스에게 정보를 제공한 사람이 동방의 빛 본인이길 바라며 이메일을 보냈다.

친애하는 동방의 빛 님에게!

안녕하세요? 힐러리 로댐 클린턴입니다.

먼저, 두 번에 걸친 정보 제공에 깊은 감사를 드립니다.

일전의 정보 덕분에 대통령에 당선될 수 있었고, 이번의 것은 제 목숨을 구하는 것이 되기를 바랍니다.

보아하니 '동방의 빛' 님은 한국인 같은데 제게 왜 이런 귀한 정보를 주는 것인지 이야기를 나누고 싶습니다.

시간과 여건이 괜찮으시다면 미국에 한번 와주시길 바랍니다. 직접 만나 감사의 뜻을 전하고 싶습니다.

언제 오서도 좋은데 다만 일정상 일주일 정도 여유를 주고 방문해 주십시오. 왕복 경비 및 체류 비용은 전액 제가 부담토록 하겠습니다.

그리고 앞으론 아그네스나 첼시를 거치지 말고 제게 직접 이메일을 보내거나 전화 주시기를 바랍니다.

다시 한 번 감사드리며 이만 줄입니다.

—미국 대통령 힐러리 로댐 클린턴

이메일의 말미엔 첼시와 사용하던 이메일 주소와 사적인 용도로 쓰는 휴대전화의 번호를 남겼다.

지극히 이례적인 일이다. 그럼에도 이런 파격을 행사한 이유는 두 번의 정보가 정말 중요했기 때문이고, 상대는 아무것도 바라는 것이 없었기 때문이다.

명석한 두뇌를 가졌기에 몇 줄 안 되는 이메일의 행간의 의미를 파악해 낸 것이다.

메일을 보내고 시간이 조금 흘렀으나 회신이 오거나 전화가 걸려오지 않았다. 그래도 조금 더 기다렸으나 기대했던 일은 일어나지 않았다.

하여 노트북을 덮으려는 순간 '딩동' 하는 알림음이 들린다. 얼른 다시 펼쳐 보았는데 빌이 메일을 보냈다.

빌이 보낸 메일의 내용은 백악관 경호팀 중 정말 믿을 만한 사람이 누군지를 알려 달라는 것이었다.

강연회가 있어 약간 떨어진 곳에 있었는데 이곳에 도착하기까지 시간이 걸릴 것 같아 사전 조치를 취한 모양이다.

힐러리가 메일을 확인하는 동안 경호팀 특별 임무 교대가 있었다. 전에 없던 일이지만 윗사람이 시키는 일인지라 동료들과 교대하고 물러나는 경호원들은 고개를 갸웃거린다.

힐러리와 빌은 사전에 암살 위험을 배제하기 위한 조치를 취했다. 겉보기엔 평화스럽지만 언제 총성이 울릴 지 알 수 없어 지극히 조심스럽게 움직였다.

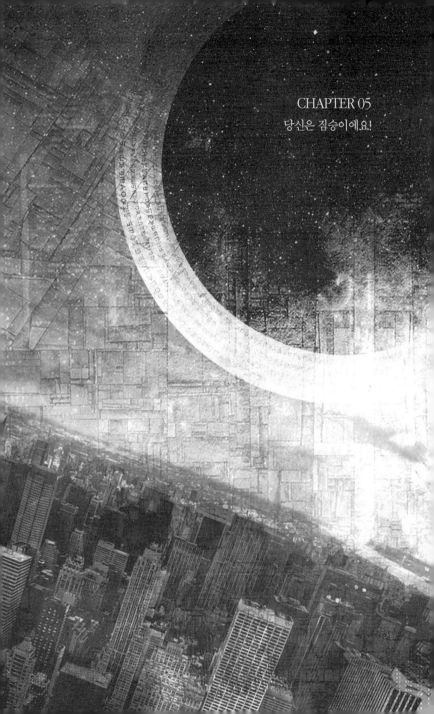

CHAPTER 05
당신은 짐승이에요!

"어머! 언제 오셨어요?"

막 잠자리에서 일어나던 지현은 현수를 발견하곤 화들짝 놀라는 표정을 짓는다.

"음! 이제 막. 아직 이른 시간인데 조금 더 자지. 왜 벌써 일어나?"

"현이 아침밥 해줘야죠."

"현이 아침밥을 주는 게 아니라 해줘? 밥을 자기가 해?"

이곳은 에티오피아 남부에 위치한 아와사 호수가 한눈에 내려다보이는 언턱 위의 이실리프 궁이다.

태국 북부 최고의 리조트인 '다라데비 치앙마이' 또는 '포시즌스 치앙마이' 같은 느낌을 주는 화려한 건물이다.

1층 바닥 면적만 3,000여 평에 이르는 커다란 건물은 20만 평에 이르는 부지 위에 세워져 있다.

이곳은 이실리프 왕국 아와사 자치령의 행정부 역할도 맡고 있다. 권지현이 행정수반직을 임시로 맡은 때문이다.

그렇기에 상당히 많은 사용인이 인근에 거주하고 있다. 그 중엔 수발을 들어줄 요리사도 당연히 포함되어 있다.

따라서 지현은 손가락에 물 한 방울 묻히지 않고 살 수 있다. 그런데 밥을 한다니 의아하다는 표정을 지어 보였다.

"쳇! 저는 여기 행정수반이기 이전에 엄마거든요."

"현이 돌봐주는 사람이 없어?"

"왜 없겠어요? 있죠. 그래도 아침밥은 꼭 내 손으로 지어 먹였어요. 아침을 잘 먹어야 하루를 기운차게 보내니까요."

"저기, 오늘만 다른 사람에게 맡기면 안 될까?"

"……!"

권지현은 현수와 잠깐 시선을 마주친다.

이내 무슨 뜻인지 깨닫고는 낯을 붉힌다. 그리곤 인터폰을 눌러 오늘은 현이 아침밥을 유모가 알아서 먹이라고 했다.

현이도 중요하지만 부부 간의 일도 매우 중요한 때문이다.

"치잇! 나쁜 아빠예요. 자기는!"

"근데 좋은 남편은 되는 거야?"

"아뇨! 그것도 아니에요. 자긴 C학점이에요. 날 매일 독수공방시키니까요. 하지만 뭐 이제 하는 거 봐서 등급을 올려드릴 수는 있어요."

"흐흐, 그래? 그럼 학점 올리게 과하게 힘 좀 써볼까?"

현수는 짐짓 음흉한 미소를 짓고는 침대 속으로 파고들었다. 잠시 후, 이실리프궁 심처에선 아침부터 달뜬 신음을 내는 여인이 있었다.

아와사 자치령의 행정수반으로 이곳에 거주하는 현지인들에겐 국모(國母)로 불리는 여인이다.

일진광풍이 휩쓸고 지나간 침실엔 팔팔한 모습으로 커피를 마시는 현수와 파김치처럼 축 늘어진 권지현이 있었다.

"자긴 짐승인가 봐요."

"그치? 내가 한 짐승해. 근데 내 학점 올랐어?"

"네! 자긴 A학점이에요."

"피이, 겨우?"

"좋아요. A 플러스예요. 끄응! 그나저나 그거 한 번 해줘요. 손가락 하나 까딱하기 힘들어요."

"후후, 그래! 바디 리프레쉬!"

샤르르르릉—!

마나가 스며들자 축 늘어져 있던 지현이 이내 기운을 차리고 일어난다.

"에고, 힘들어라. 그래도 좋았어요."

지현은 화사한 미소를 지어 보인다. 애 엄마임에도 너무 섹시해서 한 번 더 널브러지게 하려다 말았다.

짐승을 넘어 괴물이란 소리를 들을까 싶어서이다.

"자기, 커피 마시는 동안 여기 일 보고해요?"

"보고라니? 우린 부부야. 그냥 어떻게 진행되는지만 이야기해 줘. 참, 여기 행정수반직을 맡길 분을 물색해 놨어."

"어머, 그래요? 누군데요?"

"지금 한국에서 대통령직 권한대행을 하고 계신 정순목 외교부 장관님이야."

정순목 권한대행과 임문택 계엄사령관은 직에서 물러나면 한국에서 살기 힘들 것이다.

반대 세력들의 만만치 않은 반격이 예상되기 때문이다.

이실리프 자치령으로 자리를 옮기면 그럴 우려가 완벽하게 사라진다. 그렇기에 이런 생각을 한 것이다.

"참! 한일전 잘 끝난 거죠? 소식은 들었는데 결과는 어때요? 여긴 인터넷이 아직 시원치 않아요."

"어, 그래?"

콩고민주공화국 반둔두와 비날리아 자치령보다 늦게 개발에 착수하여 아직 기본적인 인프라가 제대로 갖춰지지 않았다는 뜻이다.

"지현호부터 띄우게 할게. 그게 우주로 올라가면 위성으로 인터넷을 쓸 수 있게 될 거야."

미국의 원웹과 Space—X는 미연방통신위원회에 위성 인터넷 관련 시스템 테스트를 실시한 바 있다.

위성이 요청을 수신하고 다시 반응할 때까지 걸리는 시간 지연 문제 때문이다. 그때 고도 160~2,000㎞짜리 저궤도에 위성을 쏘아 올렸다. 위성을 가급적 지구 가까운 곳에 배치해 지연 시간을 500ms에서 20ms까지 단축하려는 것이다.

이 정도 수준이면 미국 내 가정용 광섬유 인터넷 속도에 필적하는 것이다.

그런데 현수가 생각하는 것은 저궤도가 아니다.

이실리프호가 그러하듯 지현호, 연희호, 이리냐호, 테리나호, 설화호는 모두 고도 3만 5,800㎞에 자리 잡는다.

이처럼 지구에서 엄청나게 멀리 떨어졌음에도 시간 지연 문제는 발생되지 않을 것이다. 적재적소에 타임 딜레이와 타임 패스트 마법이 적용될 것이기 때문이다.

이런 고도를 택한 이유는 이실리프 왕국과 조차지를 제공한 국가들에게 공짜에 가까운 가격으로 인터넷을 제공하기 위함이다.

아울러 모든 이실리프 왕국 간의 통신 네트워크를 맡을 것이다. 뿐만 아니라 기상위성의 역할도 맡을 것이고, 첩보용 및 군사용 위성 역할까지 맡게 된다.

"그거 언제 올라가는데요?"

"그건 이실리프 우주항공과 이실리프 스페이스, 그리고 이실리프 코스모스 등에 연락을 해봐야 알아."

"끄응! 인터넷이 느려 터져서 너무 답답해요."

한국에서 세계 최고의 서비스를 받다가 이곳에서 모뎀을 이용한 것을 쓰고 있으니 당연한 말이다.

"지현호가 가장 먼저 올라갈 거야. 그럼 괜찮아질 테니 조금만 더 참아."

"치이, 알았어요. 아무튼 대단해요. 개인이 위성 인터넷을 구축한다니요."

"그게 왜 개인이야? 이실리프 왕국이 쏘아 올리는 건데."

"말은 그래도 실제는 자기가 하는 거잖아요. 반중력 마법으로……! 그게 세상에 알려져 봐요."

"뭐, 하긴 그러네."

위성의 제작비도 현수의 주머니에서 나가니 맞는 말이긴 하다.

"다른 건 어때? 불편한 건 없어?"

"천지건설 사람들이 잘 구해다 줘서 괜찮아요. 인터넷만 조금 그랬어요. 전화는 어차피 별로 안 쓰니까요."

"전화도 불편하긴 하겠네. 그것도 조만간 해결될 거야. 위성 전화기들을 이미 생산에 들어갔으니까."

"네에, 자기만 믿어요. 그나저나 여기 오래 계실 거죠?"

"응? 으응."

"치잇! 또 금방 가야 하는구나. 근데 뭐가 그리 바빠요?"

"여기저기 벌려놓은 일이 너무 많아서 그러지. 개발작업이 어느 정도 진행되면 그때부터는 괜찮아질 거야."

"알았어요. 자기만 믿어요."

지현은 현수의 어깨에 머리를 기댔다. 그리곤 배시시 미소 짓는다. 너무도 행복한 느낌이 들어서이다.

"현이랑 조금 놀아줄까?"

"그래요! 잠시만요."

인터폰을 눌러 현이를 데려오라 했다.

못 본 새에 부쩍 큰 듯한 느낌이다. 아이가 커가는 모습을 곁에서 지켜보지 못한다는 아쉬움이 느껴졌지만 어쩌겠는가!

현수는 최선을 다해 현이와 놀아줬다. 목마도 태워주고, 자리에 누워서 비행기도 태워줬다.

깔깔거리며 좋아한다. 괜스레 기분이 좋았다.

*　　　*　　　*

"휴우! 하여간 자긴…… 죽는 줄 알았어요."

"기분은 좋았구?"

"칫! 그래요."

현수의 팔을 베고 누워 있는 연희의 입가에 미소가 흐른다. 사랑하는 사내와 이렇게 한자리에 있는 것만으로도 행복함이 느껴진 때문이다.

비가 와서 그런지 여름이지만 그리 덥지 않다는 느낌이다.

"우리 산책이나 갈까?"

"좋죠!"

둘은 서둘러 옷을 걸치곤 킨샤사 저택 뒤에 조성된 정원으로 들어갔다. 모두가 잠든 시각이라 아주 호젓했다.

가로등을 켤까 하다가 스위치가 어디에 있는지 모른다 하여 매스 라이트 마법으로 사방을 밝힌 채 걷는 산책이다.

"마법이 참 편리해요."

"그치? 가면서 이거 배워 볼래?"

"어머, 정말요?"

마나심법은 이미 가르친 바 있다. 그렇기에 마법의 구현 원리와 방법을 알기 쉽게 알려주었다.

영특한 두뇌의 소유자인지라 어렵지 않게 깨닫는다.

그렇다 하여 마법사가 된 것은 아니다. 단 하나의 서클도 이루어내지 못한 때문이다.

현수는 호수 안에 있는 모던 하우스로 자리를 옮겼다.

이곳엔 강진숙 여사의 손길로 가꿔진 HAYRA가 있다.

'Hyun soo And Yeon hui' s Rest Area' 의 이니셜로 만들어진 어휘이다. 입구 현판엔 돋을새김으로 멋지게 'HAYRA' 라고 새겨져 있다.

모던 하우스는 사용 빈도가 낮음에도 아주 정갈했다. 매일 청소를 하는 모양이다.

현수는 푹신한 쿠션 위에 가부좌를 틀고 앉은 연희의 뒤에 앉아 본신의 마나로 마나회로를 각인시켜 주었다.

불과 1시간 뒤 연희의 심장엔 하나의 완전한 서클이 형성되었다. 완전 초보지만 드디어 마법사가 된 것이다.

서클을 확인한 연희는 너무도 기쁘다면서 와락 안겨왔다. 하지만 큰일은 치르지 않았다.

룬어로 이루어진 마법들을 가르쳐야 했기 때문이다. 현수가 알고 있는 1서클 마법은 약 100여 가지이다.

파이어, 파이어 볼트, 파이어 애로우, 아이스, 아이스 볼트, 아이스 애로우, 윈드, 윈드 애로우, 라이트 등을 가르쳤다.

연희는 분명 평범한 사람들보다 훨씬 똑똑하지만 결코 현수 같은 천재는 아니다. 하여 상당히 곤혹스러워했다.

한꺼번에 룬어와 마법을 배우려니 뒤죽박죽이 되어 그렇다고 한다. 하여 절대 다른 사람들 눈에 뜨이지 않게 하겠다는 다짐을 받고 노트에 적어주었다.

룬어는 배웠지만 아직 다 외운 것이 아니다.

그리고 룬어로 쓰인 마법을 풀어서 설명한 마법서는 아르센 대륙어로 쓰인 것이기에 보여줘 봤자 소용이 없다.

하여 한글로 적어준 것이다.

마법을 배운 후론 현수는 찬밥이 되었다.

간간히 묻는 말에 대답이나 하는 응답기로 전락했지만 기분은 나쁘지 않았다. 사랑하는 아내가 뭔가에 열중해 있는 모습이 너무도 보기 좋았던 것이다.

새벽 동이 틀 즈음 자리에서 일어난 부부는 천천히 걸어 산택을 마치곤 저택으로 돌아왔다. 바디 리프레쉬 마법이 있기에 잠을 자지 않아도 피곤함은 없었다.

날이 밝자 곧장 부모님과 장모에게 문안을 여쭈었다. 아침 식사를 마치곤 곧장 반둔두 자치령으로 갔다.

이번 주는 권철현 행정수반이 비날리아 지역에 머물고, 전 대한민국 공군참모총장인 김성률 통령이 반둔두에서 업무를 본다고 한다.

비날리아와 반둔두는 1,000㎞ 이상 떨어진 곳에 위치해 있다. 아직 개설된 도로가 없어서 헬리콥터나 비행기를 이용해야 한다.

알다시피 비행기는 이륙 후 5분, 착륙 전 5분이 가장 위험하다. 그런데 이곳에선 비행하는 동안에도 위험하다.

반군들의 대공 미사일이 있기 때문이다.

김성률 통령은 공군참모총장 출신이었기에 휘하에 근무했던 부하들을 스카우트하여 만전을 기하고 있다.

그럼에도 마음이 편치 않다고 했다.

하여 두 곳의 인원과 물자를 이동시킬 수 있는 포털 마법진을 설치했는데 권철현 행정수반과 김성률 통령 등 극히 일부 수뇌부들만 사용하는 것은 따로 설치했다.

물론 비밀이다.

몇 시간씩 걸리던 번거로움이 불과 몇 초로 줄어들자 권철현 행정수반과 김성률 통령은 어이없다는 표정이다.

확인해 보니 두 곳 모두 순조롭게 개발되고 있다.

정글은 필요한 만큼 확실히 개간되었고, 그곳에 살던 맹수들은 모두 다른 곳으로 이주했다.

아리아니 등 4대 정령의 분체가 힘을 써준 결과이다. 이 밖에 콩고민주공화국 정부도 전향적인 도움을 주었다.

비날리아 지역의 반군 가족들이 대거 이실리프 자치령의 거주민이 되면서 정부군과의 잦았던 충돌이 100분의 1 이하로 줄어든 때문이다.

반군은 정부군의 입김이 미치지 못하는 곳에서 보장받는 안락한 삶을 살 수 있게 된 것에 만족한다고 했다.

개간된 농토 및 농장에선 작물들이 싱싱하게 자라고 있었다. 이를 수확하여 가공하는 공장들도 쉴 새 없이 생산된 물자들을 뽑아내고 있다.

* * *

"아이구, 이게 누구신가? 하핫! 반갑네, 반가워."

가에탄 카구지의 집무실에 발을 들여놓자 결재 서류에 사인하고 있던 콩고민주공화국 내무장관이 환한 웃음을 지으며 반색한다. 정말로 반가워하는 것이다.

"오랜만입니다, 장관님!"

"그러게 말이네. 정말 오랜만일세. 바쁜 건 알지만 자주 좀 들려주시게. 자네가 보고 싶었던 때가 정말 많았네."

이 말도 사실이다. 콩고민주공화국의 권력의 쌍두마차인 가에탄 카구지 내무장관과 조제프 카빌라 대통령은 현수의 덕을 톡톡히 보고 있다.

가장 먼저 현수 덕분에 지나의 건설사와는 비교도 할 수 없을 정도로 정직하고 친절한 천지건설을 알게 되었다.

가에탄 카구지는 얼마 전 완공 단계에 놓인 잉가댐과 수력발전소 건설 현장을 시찰하고 돌아왔다.

잉가댐과 수력발전소 공사는 지나가 제안했던 공사비보다

약간 높은 가격에 발주되었다.

천지건설은 중간에 설계 변경에 따른 추가 부담을 요구하지 않았다. 그렇다면 지나의 건설사보다 오히려 저렴한 가격에 발주된 것이나 다름없다.

참고로, 지나의 공사 품질은 100을 기준으로 보았을 때 잘해야 50~60이다. 게다가 날림공사라 완공 후 몇 년 만 지나면 하자 보수할 것 천지인 상태가 되어버린다.

그런데 완공되어 가는 잉가댐과 수력발전소는 170~180이라는 느낌이었다. 게다가 너무도 공사를 잘해 하자가 발생할 것으로 보이지 않는다.

상상 이상의 공사 품질을 보여준 것이다.

킨샤사 비날리아 간 고속도로 신설 공사는 내무부 산하 건설국장이 시찰했다. 현장을 다녀와 브리핑을 할 때 찍어온 사진을 보여주었는데 감탄을 금치 못했다.

하긴 한국의 최신 고속도로와 같은 품질이니 아프리카 사람인 가에탄 카구지는 감탄할 수밖에 없다.

이 밖에 천지건설은 곳곳에서 철도 공사와 도로 공사, 그리고 광산 개발 및 각종 건축물 신축 등을 맡아서 일하고 있다.

워낙 고품질인지라 지나가 건설할 때보다 약간의 비용이 더 지불되지만 하나도 아깝다는 생각이 들지 않는다.

추가 부담이 없고, 하자 발생이 적으니 오히려 이득이다.

게다가 천지건설은 상당히 많은 자국민을 현장 작업자로 고용하여 실업률 감소에 큰 도움을 주었다.

이것으로 끝이 아니다.

현장 일을 하며 자연스레 기술 습득이 되고 있다. 천지건설로부터 최신 기술을 교육받는 셈이다.

현수의 덕 중 두 번째는 천지약품이다.

의료 기반이 현저하게 열악한 콩고민주공화국에 질 좋고 가격 저렴한 한국산 의약품을 들여와 국민 건강 증진에 크게 기여했다. 이전에는 변변한 항생제가 없어 자그마한 상처로도 목숨을 잃는 경우가 상당히 많았다.

하지만 현재는 전혀 그러하지 않다.

웬만한 곳엔 전부 소매 약방들이 진출되어 있어 마음만 먹으면 쉽게 의약품을 구입할 수 있다.

문제는 아직은 의약품에 관한 상식이 부족한 사람들의 약의 오용과 남용이었다.

천지약품은 투약 지침서라는 생각지도 못한 책을 발행하여 증상에 따른 정확한 투약이 가능토록 도왔다.

화영공사 왕영백 등이 몰래 수입한 지나산 가짜 의약품들은 철퇴를 맞았다.

저질은 한국산에 비해 확실한 약효의 차이를 보였고, 가짜는 각종 부작용을 일으켰다.

이에 분노한 카에탄 카구지의 특명에 따라 의약품과 관련된 지나인들 전원이 체포되었고, 수입된 모든 물품은 모조리 회수한 후 소각시킨 것이다.

왕영백 등 몇몇 지나인들은 그간 저질러 온 각종 악행 및 밀수 등의 혐의까지 드러났다.

그 결과 재판을 받았고, 전 재산 몰수 및 감형이나 사면 없는 종신형을 선고받은 뒤 투옥되었다.

그 안에서 다른 수형자들로부터 집단 린치를 당하는 등 개고생을 하고 있지만 교정당국은 보고도 모른 척한다.

각종 흉악 범죄로 수형 중인 죄수들조차 지나인들에 의해 저질러진 범죄에 치를 떤 때문이다.

이실리프 의료센터가 들어선 것은 가난한 콩고민주공화국에게 있어 신의 한수이다.

킨샤사 외곽에 위치한 이실리프 의료센터는 비교적 저렴한 가격에 지구 최고의 의료 서비스를 제공하고 있다.

미국, 영국, 프랑스, 독일 등 선진국에서도 존경받는 최고의 의료진이 대거 입국하여 근무 중이다.

당연히 한국의 의료진도 다수가 근무한다.

설치된 의료 기구는 당연히 세계 최고 수준이다.

이들은 다른 나라에선 구하고 싶어도 구할 수 없는 미라힐 시리즈와 NOPA, 그리고 홍익인간 같은 특수의약품을 마음껏 사용하여 거의 모든 질병을 치료해 낸다.

특히 미라힐 시리즈는 각종 암 등 난치병에 효과가 좋아서 의료 서비스를 받으려는 선진국 관광객들의 발길을 이끄는 일등공신이다.

의료센터 인근엔 이실리프 의과대학이 건설되고 있다.

콩고민주공화국이 발주했고, 천지건설이 공사를 하고 있는 이것은 완공 후 의료센터에 무상으로 기증될 예정이다.

이것은 콩고민주공화국 젊은이들에게 선진국 의료 기술을 배우게 하는 장(場)으로 사용될 예정이다.

의료센터 인근에는 커다란 테마파크와 수목원이 있어 관광 수입과 고용을 크게 개선시키는 효과를 내고 있다.

이 밖에 이실리프 계열사에 근무하는 직원 자녀들이 다니는 최신식 학교가 있다.

기본적인 오전 수업은 인종이나 부모의 직책 등과 관계없이 한 교실에서 이루어진다. 모두가 항온 기능을 가진 교복을 지급받으며, 질 좋은 급식을 배식 받는다.

오전 수업이 끝난 후엔 저마다의 적성과 소질에 따른 교실 이동이 있다. 수학, 과학, 음악, 미술, 체육 등의 특기자들을 위한 수업이다.

영재들은 따로 추려져 이실리프 의료센터의 의료진 내지는 이실리프 기술연구소 연구원들로부터 수업받는다.

당연히 수업료는 전액 무료이며, 모두가 기숙사 생활을 한다. 동질감 내지는 일치감을 느끼게 하려는 의도이다.

현수의 덕 중 마지막은 뭐니 뭐니 해도 자치령 개발로 인해 자국민 실업률이 엄청나게 줄었다는 것이다.

두 곳을 합하여 약 500만 명이 직장과 집을 얻었다.

이들이 자치령으로부터 받은 급여 중 일부는 근로소득세로 납부된다. 그것은 국가의 재정 건전성을 크게 개선시켰다.

격렬했던 반군 활동도 거의 모두 사라졌다.

정국은 안정되고 지지율은 올랐으며, 실업률은 떨어지고 국민들의 삶의 질은 오르고 있다. 게다가 나라 살림은 하루가 다르게 나아지는 중이다.

어찌 현수가 고맙지 않겠는가!

"자자, 자리에 앉으세."

가에탄 카구지의 안내를 받아 소파에 앉자 비서가 들어와 시원한 음료수를 내놓는다. 신선한 과일을 착즙한 것이다.

"흐음, 좋네요."

"우간다와 케냐 쪽에서 계속 연락이 오고 있네."

두 나라가 현수에게 연락할 일은 하나뿐이다.

"그쪽에도 자치령을 만들라는 거지요?"

"그러네. 얼마 전에도 반둔두와 비날리아를 둘러보았는데 하루라도 빨리 자네를 만났으면 하네."

"조차지는 어디를 준다고 하나요?"

"우간다는 알버트 호수 동쪽 마신디(Mashindi) 지역과 북쪽의 서나일강(West Nile) 유역 전부이네. 우리와의 국경선으로부터 북부 도시 구루(Gulu)까지지."

가에칸 카구지는 집무실 벽 지도에 적외선램프로 조차 예정 지역을 표시해 준다.

"면적은 얼마나 되는가?"

"약 4만 2,000㎢이네."

우간다의 국토 면적은 24만 1,038㎢이다.

이 중 상당 부분이 빅토리아 호수임을 감안하면 상당히 넓은 면적을 조차지로 제공하겠다는 뜻이다.

"자네가 우간다의 조차지를 받겠다고 하면 우린 비날리아 동쪽의 3만 8,000㎢를 추가로 조차해 줄 의향이 있네."

"네에?"

현수가 화들짝 놀라는 표정을 짓는다. 방금 언급한 곳엔 상당히 많은 지하자원이 매장되어 있다.

철광, 망간, 구리, 납, 주석, 다이아몬드, 니오븀, 금, 은, 석유 등이 풍부하게 있다.

이 지역을 자치령으로 준다 함은 이걸 포기한다는 뜻이므로 현수의 눈이 커진 것이다.

"그곳에 지하자원이 많이 매장되어 있는 건 우리도 아네."

"그런데 왜……?"

현수는 가난한 콩고민주공화국을 부강하게 해줄 것이 널려 있는데 왜 포기하느냐는 표정으로 바라보았다.

"아시다시피 그 지역은 반군이 장악했네. 자네 덕분에 격렬한 활동은 거의 모두 없어졌지만 그래도 아직은 정부군의 힘이 미치기 힘든 곳이지."

"……!"

아주 솔직한 말이다. 자원이 있는 건 안다.

그런데 정부가 캘 수가 없다. 반군들의 조직적인 방해 또는 공격이 예상되는 때문이다.

"그 지역을 이실리프 자치령에 포함시켜 주겠네. 대신……."

가에탄 카구지는 잠시 말을 끊는다. 그리곤 현수를 형형한 시선으로 바라본다.

"거기서 얻어지는 자원의 10%는 무상으로 우리 정부에게 주게. 그리고 최소 40%는 이 땅을 위해 써주게."

40%는 자치령 개발에 쓰고, 나머지 50%는 팔아먹든지 말든지 마음대로 해도 된다는 뜻이다.

"…제가 더 드려야 하는 거 아닌가요?"

"벼룩도 낯짝이 있네. 자네 덕분에 반군은 줄고, 세수는 늘었네. 우리 정부가 하지 못한 일이지. 사실은 더 달라고 하고

싶지만 더 많은 고용이 발생될 것이고, 전적으로 자네가 기술과 자본을 투자하는데 어찌 그러겠는가!'

가에탄 카구지를 보니 오래전 구현시켰던 참 어펜시브 마법이 아직도 효력을 보이고 있는 모양이다.

"제가 오케이하면 바로 이루어지는 일인가요?"

"국무회의 의결은 신경 쓰지 않아도 되네."

가에탄 카구지는 크게 고개를 끄덕인다. 내부적으론 이미 모든 의논이 끝난 상태라는 것이다.

현재 비날리아 자치령의 면적은 약 5만 3,000㎢이다.

여기에 추가로 콩고민주공화국 동북부 국경지대의 3만 8,000㎢를 받고, 우간다로부터 4만 2,000㎢를 조차 받으면 총면적 13만 3,000㎢짜리 초대형 조차지가 된다.

참고로, 남한의 면적은 9만 9,720㎢이고, 북한은 12만 538㎢이다.

현수는 벽에 걸린 지도와 지형도, 기후도 등을 유심히 폈다. 내륙 깊숙한 곳에 위치하여 교통이 불편하다는 것 이외엔 큰 문제가 없다.

"좋습니다. 국무회의에서 의결해 주십시오."

"오! 그런가? 그건 그리하겠네."

가에칸 카구지가 환한 미소를 짓는다.

콩고민주공화국이 더욱 발전할 수 있는 대규모 투자가 기대되는 때문이다.

"참, 케냐는 어찌할 것인가? 그쪽에선 에티오피아와 소말리아 국경 쪽이 어떻겠느냐고 하더군."

현수는 다시 지도로 시선을 돌렸다.

가에탄 카구지는 세 나라의 국경이 만나는 지역의 만데라 (Mandera), 소말리아 국경과 접한 엘박(El Wak), 그리고 에티오피아 국경과 인접한 모얄레(Miyale), 마지막으로 이들보다 내륙인 부나(Buna)를 가리키고 있다.

참고로, 케냐의 국토 면적은 58만 367㎢나 된다.

"케냐의 북쪽은 건조지역이죠. 그리고 저긴 정글이구요."

농사를 지을 만한 땅은 아니라는 뜻이다. 가에탄 카구지가 동의한다는 듯 고개를 끄덕이자 현수가 말을 잇는다.

"심지어 2014년엔 이슬람 무장단체인 알 샤바브의 테러가 있었던 지역이기도 해요."

현수의 말처럼 만데라 인근 지역인 코로메이(Koromei) 채석장에서 일하던 비(非) 이슬람 인부 36명이 살해당했다.

이 중 넷은 참수형이었다.

이 밖에 2015년 4월엔 케냐의 소말리아 파병에 따른 보복으로 테러를 가해 수백 명이 사망하기도 했다.

어쨌거나 북동부 지역은 케냐의 행정력 및 군사력이 제대로 미치지 못하는 곳이다.

"잘 알고 있군. 맞네! 케냐는 천지약품이나 이실리프 자치령을 받아들이고 싶기는 한데 그쪽 정치 상황이 그리 좋은 편은 아니네."

현수도 알고 있는 사실이기에 고개를 끄덕이니 가에탄 카구지가 말을 잇는다.

"조차 조건은 아무것도 없네. 우리처럼 무상으로 200년 간 땅을 제공할 테니 마음대로 개발해 보라는 것이지."

"그런가요?"

현수가 시큰둥한 반응을 보이자 가에탄 카구지는 기왕에 하던 말이니 마무리를 짓겠다는 마음에서 입을 연다.

"아! 그리고 보니 조건이 하나는 있네."

"그건 뭐죠?"

"천지약품! 천지약품이 진출해 주길 바라네."

CHAPTER 06
조차지 줄게 막아줘

케냐는 내부적으로 종족전쟁을 겪었다. 당연히 편안한 상태는 아니다. 그런데 소말리아로부터 알 카에다[5] 계열인 알 샤바브[6] 세력의 일부가 자국 내로 진입한 상태이다.

그 증거는 십여 개 이상으로 늘어난 마드라사[7]이다.

이것은 겉으로는 이슬람 교리 학교를 표방하지만 사우디 아라비아나 파키스탄, 아프가니스칸 등의 사례를 보면 학생들에게 이슬람 원리주의를 주입시키는 곳이다.

---

5) 알 카에다(Al—Qaeda) : 사우디아라비아 출신의 '오사마 빈 라덴' 이 조직한 국제 테러 단체.
6) 알 샤바브(Al—Shabaab) : 소말리아 남부 라스 캄보니에 근거를 둔 이슬람 극단주의 테러 조직.
7) 마드라사(Madrasa) : 이슬람교의 신학교(神學校).

다시 말해, 케냐에 건립된 마드라사는 이슬람 테러 집단의 훈련소와 같은 역할을 하고 있다.

이 때문에 케냐까지 내전의 소용돌이에 휘말릴 확률이 점차 높아지는 상황이다. 하여 케냐 군부는 알 샤바브에 대항할 부대들을 훈련시키고 있다.

당연히 알 샤바브에선 으르렁거린다.

이런 상황에서 이실리프 자치령이 케냐 북동부에 자리 잡으면 상당한 변화가 예상된다. 알 샤바브 입장에선 새로운 세력의 등장으로 여겨질 것이다.

이실리프 자치령은 한국인에 의해 개발되고 있다.

이들을 습격하는 것은 강력한 군사력을 지닌 한국을 건드리는 일과 같을 수 있다. 따라서 상당히 껄끄럽지만 함부로 대할 수 없는 곤혹스런 상황을 맞이하게 된다.

한국군의 용맹성을 잘 알기 때문이다. 알 카에다나 알 샤바브의 전사들도 용맹하지만 한국군은 그보다 한 수 위이다.

따라서 이실리프 자치령은 건드리고 싶지 않은 존재가 될 확률이 매우 높다.

케냐 정부가 염치없음에도 이런 생각을 한 이유는 이실리프 자치령의 호감도 때문이다.

공존 공생을 기치로 내걸고 있으며, 가난 속에 허덕이는 아프리카 사람들에게 빛과 희망인 존재가 되고 있다.

콩고민주공화국과 에티오피아에서 일어난 일들은 아프리카 전역으로 소문이 되어 퍼졌다.

실업률이 극도로 줄어들고, 삶의 질은 대폭 향상될 뿐만 아니라 질 좋은 의료 서비스까지 경험하게 된다.

게다가 국가 재정까지 좋아지며, 천지건설처럼 양심적인 기업에 의해 국토가 균형 발전되는 것을 기대할 수 있다.

뿐만 아니라 이실리프 그룹을 비롯한 한국의 기업들은 지나처럼 버는 족족 자국으로 가져가는 게 아니라 자치령 개발에 재투자해 주고 있다. 더 이상 바랄 게 없는 존재이다.

케냐 정부는 이실리프라면 심각한 내전으로 내홍을 겪고 있는 소말리아라 할지라도 함부로 대하지 못할 것이란 계산을 하였기에 북동부를 부탁하는 것이다.

다시 말해, 이실리프 자치령이 알 샤바브를 막아주는 동안 내실을 닦아 그들과의 충돌에 대비하겠다는 것이 케냐 정부의 속내인 것이다.

그렇기에 상당한 지하자원이 있을 것으로 짐작되는 곳을 200년간 무상으로 조차하라고 하는 것이다.

"흐음! 천지약품이 진출하는 건 어려운 일이 아닙니다. 그런데 제공하겠다는 조차지의 면적은 얼마나 되는지요?"

"대략 6만 5,000㎢ 정도 되네."

"잠시만요."

현수는 노트북을 꺼내 아프리카 지도를 불러냈다.

지하자원 분포 지도, 지형도, 기후도는 물론이고, 각국 군사시설 배치 현황까지 종류별로 있다.

가에칸 카구지가 보지 못하는 각도에서 소말리아 군사지도를 열어 보았다.

"흐음! 그리고 보니 그걸 잊고 있었네."

현수는 아르센 대륙어로 '창공의 제왕'이라는 뜻을 가진 '카헤리온' 개발을 생각해 둔 바 있다.

현존하는 모든 전투기뿐만 아니라 구상 단계에 있는 그 어떤 전투기보다도 뛰어난 성능을 지니게 되며 첨단 과학과 마법의 조화 속에서 개발될 예정이다.

이것은 이실리프 왕국으로 선포될 이실리프 자치령의 영공을 수호하는 창과 방패 역할을 맡게 된다.

지상의 레이더 기지와 우주에 떠 있는 이실리프호와의 커뮤니케이션을 통해 수천 km 밖의 전투기도 식별 가능하다.

전파 및 광학 스텔스 기능이 기본인 카헤리온 1대는 미국이 자랑하는 F—22 랩터 100대와 전투를 벌여도 원사이드한 결과를 빚어낼 것이다.

바닷속을 누빌 잠수함도 염두에 둔 바 있다.

김현수함, 권지현함, 강연희함, 이리냐함, 그리고 테리나함과 백설화함, 이실리프함으로 명명될 이것의 성능 역시 지구 최강이다.

이 중 김현수함은 단 한 척이지만 아프리카 대륙 서쪽과 남미대륙 사이의 바다를 모두 담당한다.

2번 함인 권지현함은 아프리카 동쪽 인도양을 담당한다.

3번 함 강연희함은 동해에 배치될 예정이었다. 유사시 남아 있는 일본의 해군 전력 전부를 말살시키기 위함이었다.

4번 함 이리냐함은 서해에서 지나의 해군력을 상대하기 위해 웅크리고 있을 예정이었다.

5번 함인 테리나함은 태평양을 누빈다. 미국을 견제하는 수단이다.

6번 함 백설화함은 인도양의 바다를 책임진다.

마지막 7번 함 이실리프함은 현수가 사랑하는 아내와 아이들을 데리고 전 세계 바다 여행을 하기 위해 건조하는 것이다.

평상시엔 대서양을 초계하고 있을 것이다. 이 정도면 5대양 전부를 장악하는 것이나 다름없다.

'카헤리온도 그렇고 잠수함 등도 얼른 얼른 설계를 해서 넘겨야겠군. 조금 늦었네.'

완성만 되면 카헤리온 1대는 웬만한 나라의 육해공군 전력 전부를 제거할 수 있을 것이다.

중첩된 공간 확장 마법과 경량화 마법 등은 어마어마한 양의 폭탄을 폭장할 수 있게 하기 때문이다.

뿐만 아니라 레일건을 무한정 쏘는 것처럼 보일 수 있을 정도로 많은 탄환을 가져갈 수 있다.

이밖에 카헤리온은 스타쉽트루퍼스의 병력수송기처럼 대규모 병력을 수송하거나 전차나 장갑차 같은 무기 수송을 맡아 전후방을 지원하는 용도로 사용될 수도 있다.

권지현함은 혼자서 일본의 모든 전함과 잠수함을 상대할 능력을 가진다.

따라서 새롭게 진수될 잠수함은 소말리아의 모든 해적선을 남김없이 침몰시키고도 남을 것이다.

알 카에다와 알 샤바브가 아무리 은밀하고 조직적이라 하더라도 우주에 떠 있는 이실리프호가 동원되면 모든 것이 까발려진다. 백악관 회의실도 고음질로 감청되니 관심만 가지면 금방 발본색원할 수도 있기 때문이다.

"어떤가? 케냐는 거절인가?"

"아뇨! 하죠. 거저 준다는데 해야지요. 그쪽에 전갈 넣어주세요. 조만간 찾아가겠습니다."

"아! 그런가? 고맙네."

얼마 전 아프리카 대륙의 정상들이 한자리에 모이는 일이 있었다. 골칫덩이 보코하람[8] 때문이다.

---

8) 보코하람(Boko Haram) : 나이지리아에서 활동하는 이슬람 급진주의 무장 단체.

이들은 교사 319명을 죽이고 여학생 2,000명을 납치하여 성폭행을 한 뒤 성노예로 팔아넘겼다. 이 과정에서 상당히 많은 여학생들이 목숨을 잃었다.

분노한 아프리카 각국 정상은 IS의 지령을 받드는 보코하람 척살을 결의했다. 그때 가에탄 카구지는 조제프 카빌라 대통령을 대신하여 이 자리에 참석했다.

가에탄 카구지를 만난 케냐와 우간다 대통령은 이실리프 자치령의 자국 유치를 부탁했다.

자치령이 생기기만 하면 만사가 술술 풀린다 생각한 때문이다. 그래서 그런지 저자세로 신신당부했었다.

그들의 청을 들어주게 되어 기분이 좋은지 가에탄 카구지는 만면에 환한 미소가 가득하다.

"아뇨! 제가 오히려 더 고맙지요. 다 장관님께서 신경 써주신 덕분입니다."

"자네 스케줄이 어떤지 모르겠으나 최대한 빨리 두 나라를 방문해 주시게. 자, 이거……."

가에탄 카구지가 건네는 것을 받아 들자 빠르게 설명한다.

"그 번호는 우후루 케냐타(Uhuru Muigai Kenyatta) 케냐 대통령과 요웨리 무세베니(Yoweri Museveni) 우간다 대통령과 직접 통화할 수 있는 것이네."

"아! 그런가요?"

"내가 주었다고 하면 되네. 그쪽에 전화 걸기 전에 내게 먼저 전화를 주면 더 편할 것이네."

생색을 내겠다는 뜻이다. 돈도 안 들고, 번거롭지도 않은데 어찌 거절하겠는가!

"네에, 그럼 미리 연락드리지요."

"아무튼 여러모로 고맙네. 자넨 우리 콩고민주공화국의 은인이네. 국민과 대통령을 대신하여 깊은 감사를 드리네."

무소불위의 권력을 휘두르는 가에탄 카구지의 머리가 정중하게 숙여진다.

얼마 전 아내는 유방암 4기 선고를 받았다. 림프절로 전이된 상태라 예전 같으면 목숨을 잃었다.

다행히도 이실리프 의료센터가 있어 쉽게 극복해 냈다.

그 결과 현재는 아주 건강한 상태로 지내고 있다. 이 모든 게 현수가 있었기에 가능한 일이다.

그렇기에 뻣뻣하기만 하던 고개를 숙인 것이다.

"에구, 우리끼리 왜 이러십니까?"

"아닐세. 정말 고맙네. 자네를 만난 건 행운이야, 행운!"

이름도 모르던 한국의 건설회사 직원이 죽을 뻔한 조카를 구해주지 않았다면 오늘의 인연은 없었을 것이다.

가에탄 카구지는 그때 일을 떠올리곤 흐뭇한 미소를 지었다. 조카를 구해준 것에 대한 보답으로 큰 공사 하나를 주겠다고 마음먹었던 자신이 기특한 것이다.

*　　*　　*

"자기야! 이제 그만. 응? 이제 그만이요."

이 말은 늘어진 이리냐의 입에서 나온 말이다. 그리고 이곳은 모스크바에 자리 잡은 이실리프 저택이다.

늦은 밤에 당도한 현수는 독수공방하던 이리냐의 스트레스를 완전하게 풀어줬다. 그런데 너무 많은 힘을 써서 그런지 아예 널브러진 상태이다.

"바디 리프레쉬!"

샤르르르르—!

마나가 스며들자 늘어졌던 이리냐의 얼굴에 생기가 돈다. 생겼던 다크 서클도 확실하게 사라진다.

자리에서 일어나 부스스해진 머리를 가다듬는 이리냐는 너무도 아름답다.

"자기가 여전해서 너무 좋네."

"헤에, 저도 좋아요."

이리냐는 조금 전의 고생을 잊었다는 듯 다시 현수의 품을 파고든다. 오랜만에 보는 남편이니 힘은 들지만 잠시도 떨어지기 싫어서이다.

"러시아 자치령 개발은 어때?"

"형부들이 알아서 잘하고 있어요. 두 분 모두 천직을 만난 것처럼 아주 열심이거든요."

유리 파블류첸코와 안드레이 자고예프는 뛰어난 인재들이다. 게다가 배경까지 든든하니 일사천리로 일이 진행되는 것이 당연한 일이다.

이실리프 자치령 개발은 상당히 많은 것이 소요되는 일이다. 인력은 물론이고 각종 건설자재, 중장비, 운송수단, 식음료 등이 무지막지하게 소모되고 있다.

당연히 침체되어 가던 러시아 경제에 활력을 불어넣는 싱그러운 숨결과 같다. 하여 푸틴과 메드베데프는 모든 일이 일사천리로 진행될 수 있도록 배려하고 있다.

러시아 전역의 밤을 지배하는 알렉세이 이바노비치까지 나서서 협조를 지시했으니 착착 진행되지 않으면 오히려 이상한 것이다.

덕분에 이리냐의 말처럼 순조롭게 진행되고 있다.

"참! 저택은 아직이래?"

러시아 자치령은 시베리아 한복판에 자리 잡고 있다. 하여 다른 곳에 비해 공사 진척도가 약간 늦은 편이다.

겨울이 되면 모두가 일손을 놓고 쉬어야 하는 때문이다.

"거의 다 되었대요. 마무리 작업 조금만 더 하면 된다고 하더라구요. 참! 저택 청사진하고 조감도 보실래요?"

"그래."

잠시 후 이리냐의 지시를 받은 집사장 안톤이 카트에 두툼한 도면을 실어왔다.

자치령 전체 개발도 등이 포함되어 많은 것이다.

"가주님을 뵙습니다. 정말 오랜만에 뵙습니다."

"그러네요. 수고가 많아요, 안톤!"

현수의 따뜻한 시선을 받은 안톤은 다시 직각으로 허리를 꺾는다. 왠지 이래야 할 것 같은 기분이 든 때문이다.

"필요하신 게 있으면 언제든 불러주세요."

"그럴게요."

안톤이 물러간 후 현수는 찬찬히 도면을 살폈다.

전체 개발도엔 정령들의 도움을 얻어 지열발전을 할 곳과 온천 개발을 할 곳, 그리고 각종 광석을 채굴할 광산의 위치들이 아주 상세히 표기되어 있다.

아울러 경관이 뛰어나 관광지가 될 곳도 표기되어 있다. 이런 것을 제외한 곳엔 사통팔달한 도로가 뚫리고 있다.

도로 개설 공사와 더불어 상하수도, 전기, 전화, 인터넷, 송유, 가스배관 등이 함께 이루어진다.

이런 곳을 제외한 곳 대부분은 농지와 축산지 등이 들어선다.

이곳으로부터 얻은 각종 농축산물을 가공 처리할 산업단지들도 자리 잡고 있고, 사람들이 모여 살 중소규모 도시들도 완성되어 가는 중이다.

도시 규모는 아무리 작아도 최하 5만 명 이상은 모여 살게 설계되어 있다. 이 정도는 되어야 사람들이 적다는 느낌을 덜 받기 때문이다.

아무튼 전체 인구가 500만 명 정도가 될 것이니 100개의 도시가 자치령에 흩어져 있게 되는 것이다.

인구가 늘면 도시 또한 늘 수 있도록 여기저기에 터를 잡아 놓았다. 최종 인구는 1,000만 명 수준이다.

현수는 이번에 자치령의 면적이 대폭 늘어난 콩고민주공화국에 2,000만 명이 거주하게 될 것으로 내다봤다. 비날리아엔 1,500만, 반둔두에는 500만 명이다.

에티오피아, 우간다, 케냐, 러시아, 몽골 자치령에는 각각 1,000만, 한반도 북쪽에 자리 잡은 이실리프 왕국은 2,000만 명이 거주하게 될 것이다.

이들의 총인원은 9,000만 명이다.

여기에 한국의 인구까지 포함하면 인구 1억 4,000만 명짜리 새로운 경제 블럭이 완성된다.

범이실리프 왕국과 대한민국으로 이루어진 이것은 타국과의 교류가 전혀 없어도 충분한 자원 및 식량이 확보된다.

인구 1억 명이 넘었으니 충분한 내수시장이 형성되므로 외국의 경제 동향 따위를 신경 쓸 필요가 없어지는 것이다.

콩고민주공화국, 에티오피아, 우간다, 케냐, 러시아, 몽골과의 교역이 보장되어 있으니 이들 국가와의 관계만 잘 유지하면 무궁하게 번영할 터이다.

수출이나 수입을 하려고 다른 나라 사람들에게 아쉬운 소리를 해가며 손을 비빌 필요가 없다는 뜻이다.

어쨌거나 러시아 자치령의 문제는 겨울이 되어 본격적인 추위가 닥치기 시작하면 일손을 놓다시피 해야 한다는 것이다. 외부 작업을 하기엔 너무 가혹한 환경인 때문이다.

그렇기에 콩고민주공화국이나 에티오피아는 물론이고 남쪽에 위치한 몽골 자치령에 비해 개발 속도가 현저히 늦다.

[흐음, 아리아니! 정령들 불러서 여기 겨울철 온도 좀 어떻게 해봐. 강수량 조절도 좀 하고.]

[네에, 신경 쓸게요.]

일일이 짚어서 지시하는 것보다는 이처럼 이야기해서 아리아니와 정령들의 능력을 개발하는 것이 낫다. 하여 뭉뚱그린 지시만 내린 것이다.

"이리냐! 이곳과 이곳엔 목재 펠릿 생산 공장을 추가로 짓도록 해."

"자기야! 조금 어려울 것 같아요. 그러려면 원료인 목재 또는 부산물이 많이 있어야 하는데 여긴 암석지대라 원료를 구하기 힘들거든요."

단번에 현수가 짚어준 곳의 입지에 관한 이야기가 나오는 걸 보면 이리냐가 놀고만 있었던 것은 아닌 듯싶다.

"원료는 걱정 안 해도 될 정도로 많이 꺼내 놓을 테니 그건 걱정하지 말고. 아! 말 나온 김에 여기 다녀오자."

현수는 아공간에서 지도 하나를 꺼냈다. 바람의 정령왕이 만들어준 지형과 좌표만 기록된 것이다.

"매스 텔레포트!"

샤르르르릉―!

"어라? 두 분 모두 어딜 가셨지?"

안톤의 지시를 받아 따끈한 커피 두 잔을 가져온 마가리타가 고개를 갸웃거린다. 그러다 침실을 바라본다.

마가리타는 얌전히 찻잔을 내려놓고는 조용히 내려갔다. 주인 부부의 은밀한 시간을 방해하기 싫어서이다.

같은 시각, 현수와 이리냐는 너른 암석지대가 펼쳐진 곳에 당도해 있다.

"후와! 마법은 정말 신기해요. 어떻게 이럴 수 있죠?"

모스크바에서 이곳 자치령까지의 거리는 수천 ㎞나 떨어져 있다.

비행기를 타도 몇 시간은 걸리고, 기차를 타면 며칠을 이동해야 하는 엄청나게 먼 거리이다.

하물며 자동차는 어찌하겠는가!

멀쩡하던 엉덩이에 굳은살이 박일 정도가 되어야 도착할 만큼 어마어마하게 먼 거리이다. 그런데 그야말로 눈 깜박할 새에 위치가 바뀌었다.

현대식 교육을 받은 사람이니 놀라는 것이 당연하다.

"이리냐도 열심히 마법을 배우면 나중엔 가능할 거야."

"어머! 정말요? 호호, 그럼 열심히 배울게요. 그거 배우면 언제든 언니들에게 갈 수 있는 거잖아요. 그죠?"

"그, 그럼! 언젠가는……."

현수처럼 초장거리 텔레포트를 하려면 최소한 7서클 마스터는 되어야 한다.

아침에 눈을 뜨면 밤에 잠들 때까지 밥 먹는 것조차 잊어버리고 오로지 마법 연구만 하는 아르센 대륙의 모든 마법사도 오르지 못한 경지가 7서클 마스터이다.

그러니 이리냐가 이런 화후가 되는 건 요원한 일이지만 벌써부터 기를 꺾을 필요까지는 없다.

그렇기에 고개를 끄덕여 주었다.

"흐음! 잠깐만 여기서 기다려 줄래?"

"네에, 전 구경하고 있을게요."

"플라이!"

현수의 몸이 허공으로 솟아오르자 이리냐는 슈퍼맨 바라보듯 눈을 크게 뜬다. 날개도 없고, 온 힘을 다해 뛰어오른 것도 아닌데 하늘로 솟구쳐 오르니 어찌 안 그렇겠는가!

"아아! 정말……!"

이리냐는 새삼스런 눈으로 현수를 바라본다.

존경과 흠모, 그리고 애정이 듬뿍 담긴 시선이다. 그러거나 말거나 현수의 신형은 상당히 높은 곳까지 올라간다.

대기오염이 없는 곳이라 높이 솟으니 반경 20㎞ 정도가 한눈에 보인다.

지도에 표기된 대로 상당히 넓은 암석지대가 펼쳐져 있다. 농사를 짓거나 사람들이 사는 마을을 형성시키기에 부적합한 곳이다.

게다가 주변 경관이 빼어나지 못하여 관광지가 될 만한 곳도 아니다.

"흐음! 좋군. 딱 괜찮은 자리야."

고개를 끄덕인 현수는 아공간을 열었다.

그리곤 이실리프 군도에서 채취해 놓았던 어마어마한 양의 목재와 그 부산물들을 암석지대 한편에 내려놓았다.

와르르르! 와르르르르르르르! 우르르르르르르릉—!

아무것도 없던 하늘에서 목재 더미가 끝없이 쏟아지며 하나의 산을 이루는 장관을 지켜보는 이는 이리냐가 유일하다.

"헉! 세상에 맙소사……!"

이리냐는 입을 딱 벌리지 않을 수 없었다. 하긴 15억 톤이 넘는 어마어마한 물량이 쏟아져 내렸다.

현수의 아공간에는 50톤짜리 덤프트럭으로 약 1억 대 분량의 목재가 담겨 있다. 이실리프 군도를 개발하면서 만들어진 것이다.

그중 3분의 1 정도만 내려놓았음에도 상당히 높은 산 하나가 새로 생겼다.

이제 이 인근에 제재소와 펠릿 제조 공장을 건립하면 가구 제조 등에 사용될 질 좋은 목재와 추운 겨울을 따뜻하게 보내고자 할 때 필요한 연료가 생산될 것이다.

35억 톤 중 15억 톤은 몽골 자치령에 내려놓을 것이다.

나머지 20억 톤은 북한 지역에 필요한 목재 및 난방 연료로 바뀔 예정이다.

북한 지역에 거주하는 인원이 월등히 많음에도 현수가 이런 배분을 한 이유는 기후와 인구를 고려한 것이다. 기온이 낮으면 더 많은 펠릿이 소모되어야 하는 때문이다.

"세상에 맙소사! 아공간이 얼마나 크면……."

수북하게 쌓인 목재 더미를 본 이리냐는 입을 딱 벌렸다.

현수의 아공간이 얼마나 되는지 궁금하던 때가 있었다.

지현과 연희는 공간을 왜곡시켜 만든 것이라 얼마 안 될 것이라 생각했는데 완전히 예상 밖이다.

이리냐가 놀란 눈으로 바라보고 있을 때 현수는 스르르 내려앉으며 손을 턴다. 할 일 다 했다는 뜻이다.

"자, 자기야!"

"하하! 좀 많지?"

"저, 저게 조금 많은 정도예요? 세상에 맙소사! 어떻게 저 많은 걸……. 대체 자기 아공간은 얼마나 넓은 거예요?"

눈으로 보고 있으면서도 믿어지지 않는 듯 이리냐는 또 입을 벌린다.

"상당히 부피가 크지. 저기 있는 것의 열 배 이상은 더 들어갈 충분한 공간이 있으니까."

"거기 한번 들어가 보면 안 돼요?"

진심으로 궁금한 표정이다.

"당연히 안 되지. 아공간엔 공기가 없어서 숨을 못 쉬어."

"아……!"

이리냐는 이해된다는 듯 고개를 끄덕인다.

이때 바람의 방향이 바뀌면서 산더미처럼 쌓여 있던 목재로부터 신선한 느낌이 확 다가왔다.

아르센 대륙의 싱싱한 목재라 지구의 그것보다 훨씬 고농도의 피톤치드를 뿜어냈으니 당연한 일이다.

"흐음! 공기가… 굉장히 신선해진 것 같아요."

"그래? 온 김에 여기 좀 머물러 볼까?"

아공간에서 소파를 꺼냈다. 둘은 거기에 앉아 저녁노을이 질 때까지 아름다운 풍광을 즐기며 밀어를 나눴다.

커피도 만들어 마셨고, 저녁식사도 맛있게 했다. 촛불과 와인을 곁들였는지라 아주 로맨틱한 분위기였다.

당연히 열풍도 한 번 불었다.

"자기야! 나 아무래도 아름이 동생 가질 것 같아요."

"…정말?"

가임기9)였는지 이리나는 고개를 끄덕이며 행복한 미소를 짓는다. 사랑하는 사람과 꼭 닮은 아이를 잉태하는 것은 여인들만이 가질 수 있는 행복인 때문이다.

"이렇게 호젓한 곳에서 자기랑 나랑 단둘이 이러고 있으니 너무 좋아요."

"좋다니 다행이네."

현수는 떨어지는 해를 바라보며 희미한 웃음을 지었다. 자신도 이런 분위기며 기분이 좋았던 것이다.

*　　　*　　　*

"어머! 자기야."

---

9) 가임기 : 정자와 난자가 수정되어 임신될 수 있는 기간. 배란일(생리 예정 —14일) 기준으로 전 4일과 후 2일 사이.

해모수궁 입구까지 한걸음에 달려온 테리나는 현수를 보자마자 와락 안겨든다.

"잘 있었지?"

"그럼요, 자기는요?"

"나도 물론 잘 있었지."

현수가 환한 웃음을 지어 보일 때 테리나 뒤쪽에 있던 총관 함익필이 정중히 고개를 숙인다.

"가주님을 뵙습니다."

"아! 수고가 많네요. 다들 잘 있는 거죠?"

"그럼요, 다들 평안합니다. 모두 가주님 덕분이죠."

함익필은 부드러운 미소를 지어 보인다. 직책은 해모수궁 총관이다. 그런데 권력 서열이 상당히 높다.

행정수반과 통령, 그리고 테리나를 제외하곤 어느 누구도 함 총관에게 지시를 내릴 위치에 있지 못하기 때문이다.

아직 체제가 완전하지 않아서이고, 맡은 일이 가주 일가를 측근에서 모시는 가까운 신하 같은 느낌을 줘서일 것이다.

그럼에도 함익필은 누구에게나 정중하고 예의 바르다.

영국의 유서 깊은 집사전문학교에서 교감직을 맡아 정치적인 문제를 제외한 대소사를 총괄 조율한 사람답다.

"개발 상황을 보고 받고 싶은데 가능합니까?"

"행정수반과 통령께서 현재 외근 중이십니다. 상당히 먼

곳에 계셔서 그분들의 보고는 어렵습니다."

"그래요?"

아무런 예고 없이 왔으니 뭐라 할 일이 아니다. 하여 그런
가 하는데 함 총관이 말을 잇는다.

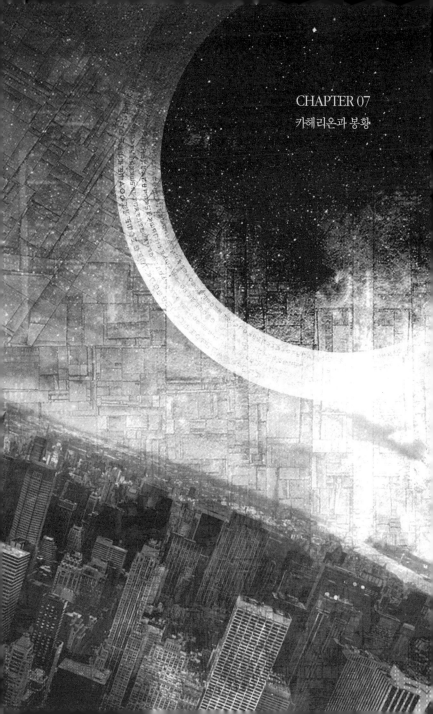

CHAPTER 07

카헤리온과 봉황

"행정수반께서는 언제 가주님이 귀가하실 지 모르니 늘 브리핑 준비를 해놓으셨습니다. 그분에 미치진 못하겠지만 제가 보고드려도 되겠는지요?"

역시 집사학교 교감답게 정중하고 예의 바르다.

"가능하시면 부탁드리지요."

현수가 고개를 끄덕이자 함 총관은 준비를 하겠다며 물러났다. 그러자 기다렸다는 듯 테리나가 안겨온다.

"자기! 보고 싶었어요."

대화 상대가 없는 것은 아니다. 그럼에도 테리나는 외로웠다. 지적 수준이 너무 높아서가 아니다. 사랑하는 이의 곁에 늘 머물고 싶은데 그러지 않아서이다.

그 외로움을 이겨내기 위해 테리나가 택한 것은 자치령 개발을 어떻게 하면 더 효율적이며, 효과적인지를 연구하는 것이다.

행정수반인 남바린 엥흐바야르와 통령인 오정섭 전 대한민국 국방장관이 장거리 출장을 떠난 이유는 테리나의 지적 때문이다.

몽골 자치령 역시 겨울이 되면 엄청나게 추운 곳이다.

항온 의류가 보급되어 있지만 다른 계절에 비해 활동성이 떨어지는 것을 막을 수는 없다.

이에 테리나는 Y-STAR 총책임자인 박형석 박사에게 연락하여 겨울에도 사람들의 활동성이 저하되지 않을 방법을 강구해 달라는 부탁을 했다.

핵융합발전을 성공시킨 박형석 박사가 새롭게 도전한 분야가 태양광발전 수율 제고였던 때문이다.

다시 말해 발전 효율을 더 높여 보겠다고 나선 것이다.

그 결과 상당한 성과가 있다는 연락이 왔는데 행정수반과 통령이 직접 확인하겠다며 같이 가버린 것이다.

원칙적으로는 둘의 동반 출장은 있어선 안 된다.

자치령의 두 축인데 둘이 한꺼번에 불상사를 당하면 큰 문제인 때문이다. 그럼에도 같이 간 것은 각각 인근 지역에 볼 일이 있었던 때문이다.

어쨌든 둘은 각각 다른 헬기를 이용했다.

"자기야! 올라가요."

"그럴까?"

테리나의 안내를 받아 해모수궁의 최상층인 7층에 오르자 사방의 풍경이 한눈에 들어온다.

현수가 울창해진 숲에 시선을 주고 있을 때 테리나가 어깨에 머리를 기댄다.

"자기야! 나 그거 언제 줘요?"

"그거? 그게 뭔데? 뭘 말하는 거야?"

"슈퍼 포션말이에요."

조금 더 어린 모습으로 되돌아가고 싶다는 뜻이 아니라 얼른 현수의 여자가 되고 싶다는 뜻이다.

"아……! 그거. 조금만 더 기다려. 그거 복용하면 나랑 열흘 동안 동행해야 하는 거 알지?"

"알아요! 난 언제든 좋으니 준비되는 대로……. 읍!"

테리나는 말을 잇지 못했다. 자신의 입술을 현수가 틀어막은 때문이다. 또 온몸에서 힘이 빠지는지 축 늘어진다.

길고긴 설왕설래가 끝난 후 현수가 속삭인다.

"바쁘지만 조만간 내가 시간을 낼게. 테리나의 부모님께 먼저 말씀드리고 그다음에……! 알았지?"

두 볼이 붉게 상기된 테리나는 애정이 담뿍 담긴 시선으로 바라보다 고개를 끄덕인다. 절차를 밟아 아내로 맞이하겠다는 뜻임을 알아차린 것이다.

"함 총관이 기다리겠지?"

"아! 그래요."

둘이 다정스레 손을 잡고 아래층으로 내려오니 브리핑 준비가 완전하게 갖춰져 있다.

"가주님! 그럼 브리핑 시작할까요?"

"네, 그래 주세요."

"먼저 전체 개요부터……."

함 총관의 브리핑은 아주 능숙했다. 간결하면서도 요점을 딱딱 짚었고, 알고자 하는 내용은 다 들어 있었다.

내용을 종합해 보면 몽골 자치령의 개발은 89% 정도 진척되었다. 그 결과 농산물과 축산물은 자치령과 몽골에서 필요로 하는 양의 100%를 충족시키고 있다.

그래도 남는 것들은 가공식품으로 제조하고 있다.

이것들은 화물열차를 이용하여 북한 지역으로 보내지는 중이다. 신선 식품은 아직 보내지 못한다. 선도 유지를 위한 조치를 취하려면 많은 비용이 드는 때문이다.

브리핑이 끝난 후 현수는 몇 가지를 메모했다. 그중 하나가 포털 마법진의 설치이다.

이걸 통해 사람과 물자가 자유롭게 오갈 수 있게 되면 열차를 이용한 수송처럼 비용 드는 일을 하지 않아도 된다.

식품의 경우는 신선도 걱정을 할 필요가 없게 된다. 불과 몇 초면 이쪽에서 저쪽으로 옮겨지는 때문이다.

북한 지역은 식량과 각종 생필품이 부족하다.

몽골과 콩고민주공화국, 에티오피아, 우간다, 케냐의 자치령들은 각종 공산품이 턱없이 부족하다.

러시아 자치령은 조금 낫기는 하지만 가전제품 등 일부 품목은 made in Russia보다는 made in Korea의 품질이 훨씬 더 낫다.

러시아와 몽골 자치령에서 생산된 물자가 북한 지역이나 한국으로 이동하거나 반대의 경우가 되면 필연적으로 러시아, 몽골 또는 지나의 영토를 거쳐야 한다.

이렇게 보내는 물건 가운데에는 전차나 장갑차, 혹은 미사일 같은 전략물자가 포함될 수 있다.

러시아나 몽골이야 양해해 주겠지만 지나는 강력한 도발을 가해올 확률이 매우 높다.

현재 막대한 양의 농산물 등이 지나로부터 한국에 수출되고 있다.

농약으로 범벅되어 있다는 걸 알면서도 한국이 이걸 수입하는 이유는 값이 싸고 운송비가 적게 들기 때문이다.

그런데 몽골이나 러시아 자치령으로부터 농축산물 등을 공급받게 되면 더 이상 지나산을 수입할 필요가 없어진다.

몽골과 러시아 자치령에서 생산되는 건 한반도 전체가 다 쓰고도 남을 만큼 어마어마한 양이기 때문이다.

지나의 간섭으로부터 자유로울 수 있는 가장 쉽고 확실한 방법이 바로 포털 마법진이다.

마법진 설치는 그리 어려운 일이 아니다. 문제는 이것을 제대로 작동시키고 유지할 인력이 없다는 것이다.

이를 위해 마법사가 필요한데 지구엔 마법사가 딱 두 명밖에 없다. 하나는 현수고, 다른 하나는 연희이다.

현수는 너무 바쁘고, 연희는 이제 겨우 1서클이라 마법진을 작동시키고 유지 보수할 능력이 없다.

"흐음, 마법사를 양성해야 한다는 말인데……."

현수는 잠시 상념에 잠겼다.

똑똑한 아이들을 선발하여 마법을 가르치는 것은 어렵지 않다. 문제는 이들의 충성도이다.

예로부터 전해져 오는 말 중에 '머리 검은 짐승은 거두지 말라'는 것이 있다. 사람은 짐승만도 못해서 남의 은공을 배반하는 일이 많아서 생긴 말이다.

아무리 다른 사람에게 가르쳐 주지 말라 해도 분명히 현수

몰래 다른 이에게 마법을 가르칠 수 있다.

그게 나중에 어떤 일로 번질지 알 수 없다.

세상을 흥하게 하는 일이 될 수도 있다.

추측컨대 그보다 나쁘게 될 확률이 훨씬 더 높다. 사람의 욕심은 끝이 없기 때문이다.

'그렇다고 꼭두각시 마법을 걸어놓을 수도 없고.'

흑마법인 마리오네트라면 멀쩡한 사람이라도 무협 소설에 나 등장하는 실혼인이 되게 할 수 있다.

그래 놓고 지시를 내리면 먹고, 자고, 싸는 일 말고는 오로지 마법진에 관한 일만 하게 될 것이다. 타인과의 대화도 없는 삶을 살게 되는데 그건 현수가 원하지 않는다.

'방법을 생각해 봐야겠군. 어쨌거나 포털 마법진이 필요하기는 해. 그래야 물류비를 없애지.'

포털 마법진이 운용되면 비용 없이 몽골 등의 농산물이나 축산물이 불과 몇 초 만에 한반도에 당도한다.

반대로 바다에 접해 있지 않은 자치령들은 신선한 해산물 등을 공급받을 수 있다.

"그나저나 지나가 문제네!"

몽골에서 제공한 자치령은 지나의 국경과 닿아 있다.

현재 남한과 북한의 제대군인들 위주로 구성된 국경수비대가 주기적인 순찰을 돌고 있다. 그런데 인원이 많지 않아 자치령 내로 스며든 지나인이 상당히 많다.

이들은 은근슬쩍 주저앉아 개발 대상 토지가 자신들의 것이라며 보상을 요구한다.

이에 정당하게 몽골 정부로부터 조차받은 땅이므로 퇴거해 달라는 요구를 해도 지나인 특유의 막무가내를 부린다. 자신들 뜻대로 해주지 않으면 칼 들고 설치기도 한다.

이런 자들이 한둘이라면 무시하겠는데 그 숫자가 무려 1만이 넘는다고 한다.

일부는 자신들도 몽골인들과 마찬가지로 고용해 달라는 요구를 한다. 하지만 이는 받아들일 수 없는 일이다.

현수가 남바린 엥흐바야르와 오정섭에게 중책을 맡기면서 몇 가지 가이드라인을 제시했다.

그중 하나가 자치령에 거주할 자에 대한 심사 기준이다.

일단 한국과 북한, 그리고 각국 교포와 몽골 사람들을 받아들인다. 이 중에서 특정 종교에 환장해 있거나 특정 사이트의 회원, 그리고 친일파의 직계 및 방계, 흉악한 범죄와 연루된 자 등은 100% 제외된다.

사회적인 물의를 일으킨 자들 역시 예외가 아니다.

예를 들어, 지나친 '갑질'로 사회적 지탄을 받은 자가 있다. 백화점 종업원의 뺨을 때리고 무릎을 꿇리거나, 주차장 아르바이트들에게 행패를 부리는 일 등이 있었다.

이런 사람들은 자치령 영구 출입 금지이다. 다시 말해 관광할 자격조차 주지 않는다.

　부정부패 또는 독직 등으로 기소되었지만 법원에선 무죄 판결을 받은 자 중 일부도 해당된다.

　대한민국의 법관들은 무죄라고 하지만 이실리프 그룹에서 평가했을 때 '아니다' 라는 판단이 서면 그 또한 자치령에 발을 들여놓을 수 없다.

　대한민국의 법관들, 특히 대법관들이 내리는 판결을 신뢰할 수 없어서 따로 기준을 마련한 것이다.

　지나인과 유태인은 어떠한 경우에도 받아들이지 않는다.

　몽골 자치령과 러시아 자치령의 경우엔 일본인도 받지 않는다. 이런 상황이니 밀입국한 지나인들의 요구는 결코 받아들일 수 없다.

　문제는 이미 들어와 있는 자들이 강력하게 반발하고 있어 무력을 동원하지 않으면 쫓아낼 수 없다는 것이다.

　그럴 경우 틀림없이 지나 정부가 나설 것이다. 어떻게든 꼬투리를 잡고 싶어 안달인 상황이기 때문이다. 하여 이들에 대해 어떤 조치를 취해야 할지 난감한 상황이다.

　"흐으음! 모조리 잡아다 광산으로 데려가서 죽을 때까지 강제 노역을 시킬까?"

　들어와서 일하고 싶다고 하니 생각해 본 것이다.

순순히 따라오지 않을 것이니 함정을 설치하면 어떨까 하는 생각을 하다 문득 떠오른 생각이 있다.

"아하! 그거 괜찮겠군."

현수는 지도를 꺼내 좌표들을 확인했다.

지나인들이 모여 있는 곳 근처에 그럴듯한 술집 하나를 짓는다. 그것의 바닥에는 텔레포트 마법진이 그려져 있다.

바텐더가 스위치를 누르면 행패 부리는 지나인들은 순식간에 다른 곳으로 보내진다. 마나석을 쓰는 것이 아깝기는 하지만 폭력을 휘두르는 것보다는 훨씬 낫다.

"흐음! 어디 보자. 어디가 좋을까?"

현수가 눈여겨보는 장소는 고비사막 한복판이다.

고비(Говь)는 몽골어로 '사막' 이라는 뜻이다.

알타이산맥 동단으로부터 흥안령산맥 서쪽 기슭까지 동서 1,600㎞, 남북 500~1,000㎞에 이른다.

마법진이 구현되면 사람이 사는 곳으로부터 200㎞ 정도 떨어진 사막 한복판에 텔레포트된다.

그러면 죽도록 헤매게 될 것이다. 땅의 주인이 떠나 달라는 정당한 요구를 무시하고 행패 부린 대가이다.

이렇게 하면 다시는 이실리프 자치령에 와서 행패 부리는 일은 없을 것이다. 고비사막을 빙 돌아서 다시 자치령까지 오려면 최소 1,000㎞ 이상을 이동해야 하는 때문이다.

사막을 헤매다가 죽을 수도 있지만 그건 그놈들 사정이다.

다음으로 걱정되는 문제는 언제 있을지 모를 지나의 군사 도발이다. 자치령은 국제법상 몽골의 영토이지만 전적으로 현수가 책임진다. 그렇기에 몽골에서 주둔시켰던 군인들 모두 철수된 상태이다.

오정섭 통령이 국경수비대를 꾸렸고, 한국군에 준한 장비들을 어렵사리 구해줬지만 아직 아쉬운 것이 많다.

전투기와 전차는 물론이고, 자주포와 장갑차가 아직은 하나도 없다. 소수의 알보병만 있는 셈인데 숫자가 너무 적어 화력을 집중시켜도 그리 큰 타격을 입힐 수 없다.

"흐음! 자치령 방어를 위한 송골매와 카헤리온이 필요하겠 군. 아울러 헬기도 있어야 해."

자치령은 인구수에 비해 넓은 면적이다. 따라서 전차 같은 육상 전력보다는 공군이 더 빠르게 반응할 수 있다.

생각이 나면 그 즉시 움직이는 게 현명하다.

현수는 서재로 자리를 옮겼다. 그리곤 오랜만에 앱솔루트 배리어와 타임 딜레이 마법을 구현시켰다.

창공의 왕이 될 카헤리온과 새로운 개념의 전투헬기 봉황을 구상해 내기 위함이다.

카헤리온은 그 이름값만으로도 송골매를 능가하는 성능을 가져야 한다.

현재 F—22 랩터는 마하 2.3이고, 송골매는 마하 4.0이다.

첨단 기술과 마법으로 도배된 카헤리온은 마하 6.0과 워프 기능을 가지게 된다.

참고로, 워프(Warp)는 사전적 의미로 '구부리다, 휘게 하다, 왜곡하다' 라는 의미를 갖는다.

카헤리온의 주요 성능 중 하나인 워프 이동은 공간을 접어 A에서 B로 순식간에 위치 이동하는 것이다.

서울에서 뉴욕까지 비행기를 타고 가면 약 13시간 정도가 걸린다. 하지만 카헤리온은 불과 2~3초면 그곳에 나타난다.

공간을 접어 이동한 것이니 비행한 것은 아니다.

어쨌거나 카헤리온은 이 세상 모든 레이더를 무용지물로 만드는 전략무기이다.

뿐만이 아니다.

미국이 개발하고 있는 장거리 전략 폭격기 B—52라는 것이 있다. 2025년이나 되어야 실전 배치될 미래의 병기이다.

전략핵잠수함과 대륙간탄도미사일과 더불어 미국의 3대 전략무기체계의 한 축을 담당할 놈이다.

이것의 폭장량은 약 31톤이다.

그런데 카헤리온은 공간 확장 마법과 경량화 마법을 중첩시키거나 아예 아공간 마법을 적용시켜 한번에 10만 톤 이상의 폭탄을 가져갈 수 있도록 설계될 예정이다.

카헤리온 한 대의 능력이 B—52 3,225대를 능가하는 것이다. 실로 어마어마한 양이므로 품고 가는 것이 재래식 폭탄이라 하더라도 카헤리온 한 대만 뜨면 웬만한 도시 하나는 완전 무결한 잿더미로 만들 수 있을 것이다.

카헤리온은 레이더에 잡히지 않는 전파스텔스 기능과 사람들의 눈에 보이지 않는 광학스텔스 기능이 기본이다.

엔진의 효율을 극대화시키고, 연료 탱크에 공간 확장 마법과 경량화 마법이 적용되면 항속거리 10만 ㎞가 꿈이 아니다.

한 번 탱크를 채우면 지구를 두 바퀴 반이나 돌 수 있으니 이 정도면 거의 무제한이라 해도 과언이 아니다.

반중력 마법을 이용한 수직 이착륙 기능과 추락 방지 장치도 당연히 적용된다.

카헤리온은 대기 모드일 때 우주에 계류된다.

이때 조종사는 텔레포트 마법진을 이용하여 지구의 기지 또는 이실리프호로 자유롭게 이동할 수 있다.

아무튼 우주에서 다양한 목적의 임무를 수행한다.

이실리프호 자체에도 공격 및 방어 무기체계가 갖춰져 있지만 더 있어서 나쁠 것 없는 때문이다.

평시엔 적의 위성을 파괴하는 것 이외에도 우주에서 다가올 수 있는 UFO를 초계하는 것이 주요임무이다.

현수의 머릿속에서 구상되고 있는 전투 헬기 봉황은 미국의 AH—64D 아파치 롱보우를 가볍게 찜 쪄 먹을 수준이 될 것이다.

전파스텔스와 광학스텔스, 그리고 무제한에 가까운 항속거리는 기본이다. 일반적인 미사일도 많이 탑재되지만 적의 전차사단 10개를 궤멸시킬 레일건과 탄심 탑재가 특징이다.

이 밖에 조종사와 부종사 이외에 완전무장한 12명의 탑승이 가능하다. 다만 워프기능은 고려 중이다. 그러려면 최상급 마나석이 필요한 때문이다.

봉황의 기능 가운데 하나는 육중한 화물의 운반이다.

기네스북에 올라 있는 세상에서 가장 강력한 힘을 가진 헬기는 러시아가 1960년대에 제작한 Mil V—12이다.

1969년 8월에 약 44톤의 화물을 싣고 2,255m까지 상승하여 세계신기록을 수립한 바 있다.

봉황의 화물 운반 능력은 이보다 훨씬 크다. 중첩 가능한 초 고효율 경량화 마법이 있기 때문이다.

이것을 적용하면 10만 톤도 문제없이 운반한다. Mil V—12 2,262대가 간신히 해낸 일을 단번에 해낼 수 있다.

각각의 자치령에 카헤리온과 봉황이 1~2대씩만 있으면 방위는 걱정하지 않아도 된다. 그렇게 되기 전까지는 우주에 떠 있는 이실리프호가 방위 임무를 대행해야 할 것이다.

"다했어요? 이거 드세요."

현수가 서재 밖으로 나오자 테리나가 예쁜 미소를 지으며 주스 잔을 건넨다. 쉐리엔 열매를 착즙한 것이다.

"땡큐!"

단숨에 잔을 비우곤 샤워부터 했다. 현수가 결계 안에 머문 시간은 외부 시간으로 약 4.5일이다.

결계 내부 시간으로 따지면 810일 정도 된다. 나날이 높아진 IQ는 300을 돌파한 지 오래이다.

이런 현수에겐 NASA와 Area−51, 그리고 록히드마틴 비밀 기술연구소 등에서 가져온 기술이 있다.

이 밖에 일본의 내각조사처와 지나의 국안부 등이 세계 각국의 연구소 등에서 몰래 빼낸 첨단 기술도 많다.

이것들 중에는 구상 단계의 이론적인 것도 상당히 많다.

현수는 이 모든 것을 취합하여 새로운 전략폭격기 및 수송기와 신개념 헬기의 설계를 마쳤다.

제작 도면에는 부품 제조 과정 등에서 마법진이 정밀하게 새겨지도록 되어 있다. 나중에 마나석만 박으면 곧바로 원하는 기능이 구현되도록 한 것이다.

설계 후 약 100여 차례에 걸친 시뮬레이션을 실시했다. 이 과정에서 발견된 문제점은 말끔하게 정리되었다.

현수는 결계를 해제하자마자 각종 도면을 이메일로 전송

했다. 물론 해킹 불가능한 보안 메일이다.

이실리프 우주항공과 이실리프 스페이스, 그리고 이실리프 코스모스와 이실리프 기술연구소는 이 도면이 완전한지 여부를 확인하게 될 것이다.

시뮬레이션 테스트까지 거쳤음에도 최종 검수 의견을 물은 이유는 그 과정에서 새로운 기술을 습득하라는 배려였다.

이것이 마쳐지는 즉시 카헤리온과 봉황을 각각 10대씩 제작하라는 지시를 내렸다.

한반도 북쪽에 위치한 이실리프 왕국에는 각각 두 대씩 배치될 예정이다.

콩고민주공화국은 반둔두와 비날리아에 각각 한 대씩이다.

러시아와 몽골, 에티오피아와 우간다, 그리고 케냐의 자치령에도 각각 한 대씩 배치할 예정이다.

마지막으로 대한민국에도 한 대씩 배치할 예정이다.

일련의 이메일 발송을 마친 후 현수는 이실리프 트레이딩의 윌슨 카메론 대표와 통화했다.

전에 지시했던 내용의 이행 여부를 확인하고자 함이다.

확인 결과 이실리프 트레이딩의 현대미포조선과 대우조선해양의 소유 지분은 97.3%와 98.6%이다.

현수는 나머지 지분 전체를 매입하게 되면 상장을 폐지토록 지시를 내렸다.

다음은 민주영과의 통화이다.

주영은 잠수함 5대를 이실리프 상사 명의로 현대미포조선에 두 대, 대우조선해양에 세 대를 발주한 상태이다.

확인 결과 큰 틀은 거의 완성된 상태이며, 남은 공정은 무기체계 및 마무리 작업뿐이라 한다.

3,000톤급 핵추진잠수함의 명칭은 '이실리프급' 이다.

참고로, 미국의 핵추진잠수함인 미시간함(SSGN 727)은 길이 170m, 배수량 1만 6,800톤으로 세계에서 가장 크다.

승조원 155명이 탑승하도록 되어 있다.

한국의 3,000톤급 중형잠수함 모델 중 하나인 대우 DSME는 작전 일수 70일, 승조원 48명 급이다.

최대 속도 20노트, 최대 잠항 심도는 350m이다.

이실리프급의 외형은 대우 DSME와 별 차이 없다. 하지만 내부 공간은 미시간함보다 훨씬 넓다.

공간 확장 마법이 중첩되어 있는 때문이다. 하여 승조원 250명까지도 작전 가능하다.

이것의 특징은 에어 퓨리파잉 마법진이 있어 오랜 기간 잠항을 해도 울창한 숲 속에 있는 것처럼 신선한 공기로 호흡할 수 있다는 것이다.

세계에서 가장 빠른 잠수함은 미국의 씨울프급으로 수중속도 38노트이다. 잠수 능력 부문은 러시아의 핵잠수함 시에

라급이 최고로, 잠항 수심 750m이다.

이실리프급은 수중 속도 60노트, 잠항 수심 1,500m이다.

속도가 빠른 것은 그리스와 헤이스트 마법, 그리고 엔진의 출력 향상 덕분이다. 잠항 수심이 월등히 깊은 것은 중첩된 쉴드 마법 덕분이다.

이실리프급은 최대 속력일 때의 소음이 불과 20dB이다.

적의 음탐관이 아무리 청력이 좋아도 절대 잡아낼 수 없을 정도로 조용하다.

전파와 음파 흡수 마법진이 장착되어 적의 레이더나 소나로도 발견할 수 없다.

이실리프함은 어뢰는 물론이고, 탄도미사일 발사대, 레일건 발사대까지 모두 갖추고 있다. 이쯤 되면 '수중의 소리 없는 암살자' 역할을 충분히 수행하고도 남을 것이다.

민주영은 시찰로 여기겠지만 현수는 조선소들을 찾아가 나머지 작업을 하기로 했다.

현수가 샤워를 마치고 나오자 테리나는 또 예쁜 웃음을 짓는다.

"자기! 하고자 한 건 다 하신 거예요?"

"응, 다행히도!"

"고생하셨네요. 조금 쉬세요."

"그렇지 않아도 그러려고. 근데 일본과 이스라엘은 어떻게 되었어?"

"일본은 화산 때문에 난리고, 이스라엘은 아랍 연합군에 의해 거의 멸망되어 가는 중이에요."

현수는 고개를 끄덕였다.

"그럼, 주일미군은?"

"걔들은 지금 철군 준비에 정신이 없죠. 필리핀으로 갈 확률이 매우 높다고 해요."

"그렇겠지. 지나를 견제하려면. 참 지나는 어때?"

"아무래도 그쪽에 무슨 큰 문제가 있는 거 같아요. 내부 단속이 진행되는 중이에요. 다들 왜 그러나 하는 눈으로 바라보는데 아직까지 그 이유를 몰라요."

지나는 일체의 대외 활동을 접은 채 공권력을 총동원하여 부산하게 움직이고 있다. 미국 등 서방 세계에선 대체 왜 그러나 하는 시선으로 바라보는 한편 원인 분석에 들어갔지만 아직 이유를 모르고 있었다.

"테리나도 모르지?"

"네! 근데 혹시 자기는 알아요?"

"알지! 그건 핵미사일을 잃어버려서 그러는 거야."

"네에? 지나가 핵미사일을 잃어버려요?"

"응! 내가 489개를 가져왔거든."

"헉! 뭐라고요?"

테리나의 눈에 흰자위가 급속하게 늘어난다.

엄청 놀랐다는 뜻이다. 하긴 핵무기를 비핵국가가 이를 갖으려 하면 온갖 압박을 가하는 것이 국제사회이다.

어떻게든 못 갖게 하려고 경제적 압박은 물론이고, 군사적 투사까지 서슴지 않는다. 참고로, 북한은 이를 극복해 냈지만 이라크는 이겨내지 못했다.

그런데 핵무기를 한 개도 아니고 무려 489기나 가져왔다는데 어찌 놀라지 않겠는가!

"어, 어디에 두셨어요? 그거? 아, 안전한 곳이죠?"

테리나가 당황한 이유는 국제사회에서 이를 알기만 하면 당장에라도 군사들이 들이닥칠 것인 때문이다.

"그럼! 내 아공간에 있어."

"아! 거기라면……."

현수의 아공간은 신(神)조차 손댈 수 없는 영역이다. 존재조차 알 수 없는데 그 안에 담긴 것을 어찌하겠는가!

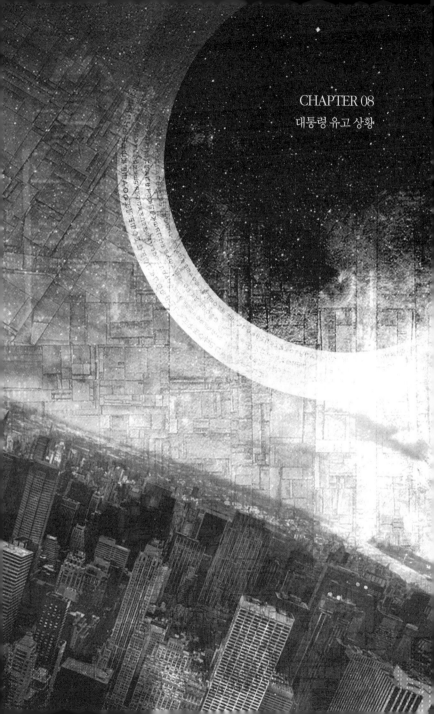

CHAPTER 08
대통령 유고 상황

"그, 근데 그걸 왜 가져오셨어요?"

"핵무기는 보유했다는 것만으로도 전쟁 억지력을 지녀. 그런데 지나는 너무 많이 가졌어."

"자기야! 핵무기는 미국과 러시아가 더 많잖아요."

"그치! 근데 미국과 러시아는 지나보다 영토나 자원 같은 것에 대한 욕심을 덜 부리잖아."

"아……!"

테리나는 고개를 끄덕였다.

지나의 욕심 사나움을 잘 알기 때문이다. 그냥 놔두면 베트

남과 인도까지 모조리 차지할 놈들이다.

"근데 그걸 보유했다는 게 외부에 알려지면⋯⋯."

"테리나가 소문내지 않으면 그럴 리 없어."

"그럼 자기랑 나만 아는 일인 거예요?"

"그래! 그냥 알고만 있어."

"아아! 자기야."

테이나는 현수의 목에 두 팔을 걸고 와락 안겨온다.

권지현과 강연희, 그리고 이리냐도 모르는 일을 자신이 알았다는 것에 작은 감동을 느낀 때문이다.

이런 걸 보면 여자들은 조금 이상하다.

"오늘은 자치령 좀 둘러볼 거야. 같이 갈까?"

"호호! 저야 좋지요."

현수와 테리나는 몽골 자치령 곳곳을 둘러보았다.

농토는 반듯반듯하게 정리되어 있고, 수로의 물은 찰랑찰랑하다. 농로는 잘 정비되어 있어 다니기 편했다.

따가운 햇살 아래 밀과 옥수수 등이 잘 성장하고 있었다.

이 밖에 고추, 호박, 가지, 참깨, 들깨, 콩, 고구마, 감자, 수박, 참외, 토마토, 무, 배추, 양파, 조, 수수, 기장, 보리, 팥 등 그야말로 없는 게 없다.

상추, 쑥갓, 오이, 청경채, 갓, 아욱, 땅콩 등도 있다.

산지엔 사과, 배, 포도, 살구, 밤, 호두, 잣, 자두나무 등이 자라고 있으며, 조금 더 깊은 곳에선 송이, 능이, 표고, 느타리, 영지버섯 등이 재배되고 있다.

다른 곳으로 눈을 돌리니 소, 돼지, 닭, 양 등이 평화로운 한때를 보내고 있다.

축사엔 먹이가 풍부하게 공급되고, 식수는 맑고 깨끗했다. 이들의 분변은 한곳에 모아 잘 발효시킨 후 천연비료로 사용되고 있음이 확인되었다.

도축장 인근엔 축산물 가공공장이 들어서 있다.

이곳에서 잘 손질된 신선한 육류는 가장 먼저 자치령 사람들이 소모한다. 그다음은 몽골 정부에 적정가 납품되고 있다. 이렇게 하고도 남는 것들은 통조림으로 제조된다.

경관 뛰어난 곳은 관광지로 개발되고 있다. 숙박시설과 식당 등이 들어서 있는데 깨끗하게 잘 관리되고 있다.

지나치던 중 작은 도시가 있어 둘러보았다. 쇼핑센터, 극장, 도서관, 공연장, 지역방송국 등이 제대로 갖춰져 있다.

"좋은데."

"그죠? 저도 너무 마음에 들어요. 여긴 공기가 맑고, 하늘은 깨끗해요. 그리고 사람들 얼굴에선 웃음이 가시지 않아요. 이만하면 천국이에요."

테리나의 말처럼 사람들은 열심히 일하고, 즐겁게 논다.

세금 한 푼 안 내고, 물가는 놀랍도록 저렴하다.

원하기만 하면 100% 고용되며, 이곳으로 이주하면서 모든 빚을 청산한 상태이니 근심스럽거나 걱정할 일이 있는 것도 아니다.

당연히 웃음이 절로 나온다. 다만 우울한 표정인 사내들이 몇 있었는데 슬쩍 물어보니 실연의 아픔 때문이다.

이건 어떻게 해줄 수 있는 성질의 일이 아니다.

하여 더 좋은 사람을 만나려는 것이라는 위로의 말을 건네고 늦은 오후 무렵 해모수궁으로 되돌아왔다.

"어서 오십시오."

함 총관의 안내를 받아 잘 차려진 정찬을 먹었다.

몽골 자치령에서 나는 신선한 채소와 육류로 조리된 것이라 맛이 좋았다.

"어서 슈퍼포션을 먹었으면 좋겠어요."

후식으로 차를 마신 뒤 현수의 품에 안긴 채 기다란 소파에 기대어 있던 테리나가 한 말이다.

"조금만 기다려. 곧 복용하게 될 거야."

"기대할게요, 그날을!"

테리나는 행복한 미소를 지어 보인다.

'이렇게 예쁜데 내가 뭐라고 애정의 늪에 빠져서 그런 거야? 세상에 널린 게 잘난 사내들인데.'

테리나가 목을 맸던 장면을 떠올린 현수는 얼른 고개를 흔들었다. 상상만으로도 끔찍한 때문이다.

그래도 그 일이 있었기에 이런 순간이 있는 것이다.

이제 받아들이기로 했으니 잘해주어야겠다는 생각을 했다. 하여 테리나의 귓가에 입을 대고 나직이 속삭였다.

"그래! 나도 그날이 빨리 오기를 손꼽아 기다리고 있어. 내가 지금 참고 있는 거 알지?"

"하으윽……!"

현수의 입김이 간지러웠는지 살짝 움츠러든다. 그리곤 시선을 맞추며 품을 파고들었다.

"네! 그럼요, 사랑해요! 그리고 이렇게 자기 곁에 있게 해줘서 고마워, 으읍!"

테리나는 갑자기 입술이 덮이자 나직한 소리를 내는가 싶더니 이내 두 팔로 현수의 목을 끌어안는다.

슈퍼포션을 복용하지 않았기에 침실의 열풍은 불지 않았다. 다만 숨 막힐 듯한 설왕설래가 길었을 뿐이다.

*   *   *

"앗! 아빠다. 아빠아~!"

지현과 현이 중에 현수를 먼저 발견한 건 현이이다. 현수의 얼굴을 보자마자 환성을 지르곤 쪼르르 달려왔다.

"어이쿠! 우리 현이. 아빠가 보고 싶었어?"

"네에, 아빠!"

현이는 현수를 그리워했는지 두 팔로 꼭 끌어안는다.

"자기야!"

"그래……!"

사랑하는 사람들은 눈빛만으로도 대화가 가능하다. 현수와 지현은 서로를 그윽하게 바라보며 무언의 대화를 나누었다.

현수의 품에서 떨어질 줄 모르던 현이가 잠들었다.

하루 종일 리노와 셀다, 그리고 두 녀석의 가족들과 뛰어다 녀서 피곤했던 모양이다.

이곳은 양평 저택이다. 지현은 고등학교와 대학 동창회가 비슷한 시기에 있어서 잠시 귀국한 상태이다.

현수는 지현과 더불어 저택의 산책로를 걸었다. 아리아니 의 입김과 정원사들의 손길이 닿아 모든 게 싱싱하다.

"어라! 여기 물고기도 있었어?"

산책로 곁을 따라 흐르는 작은 시냇물엔 열목어, 어름치, 쉬리, 꺽지, 버들치 등이 한가롭게 헤엄치고 있다.

엉금엉금 기어가는 가재도 보인다.

이들의 공통점은 1급수에서만 서식한다는 것이다.

시냇물의 폭은 약 3m이고, 평균 수심은 1.2m 정도이다.

중간중간 흐름이 느려지는 곳엔 작은 소(沼)가 있는데 지름

10m, 깊이 3m 정도이다.

리노와 셀다 가족, 그리고 관상용으로 방목하고 있는 꽃사슴 가족들의 식수원이다.

푹신하게 깔린 잔디를 밟으며 한가로운 한때를 보낸 현수가 저택 현관을 통과한 것은 늦은 오후이다.

"가주님!"

샤워실로 가려던 현수의 걸음을 잡은 건 풍채 좋은 장년인 정일환이다. 양평 저택의 대소사를 관장하는 집사장이다.

"왜요?"

"텔레비전 좀 보십시오."

말을 하곤 대꾸를 기다리지 않고 리모컨을 꾹 누른다. 아주 중요한 일인 모양이다.

CNN 화면이 뜨고 심각한 표정을 지은 여자 앵커가 발언을 이어가고 있는데 아래에 큼지막한 자막이 떠 있다.

힐러리 대통령 총격으로 유고 상황 발생.

"끄응! 가르쳐 줘도 못 막나?"

"네? 뭐라 하셨습니까?"

정 집사장의 물음에 현수는 고개를 저었다.

"아무것도 아닙니다. 혼잣말이에요."

말을 마치곤 화면에 시선을 주었다. 앵커가 빠른 속도로 원고를 읽고 있는데 내용을 줄이면 다음과 같다.

1. 미국 대통령 힐러리 로댐 클린턴이 백악관 경호팀장의 총격을 받았다.
2. 상체에 두 발을 맞았는데 현재 대통령 전용병원인 국립 해군병원(National navy medical center)으로 후송되어 긴급 수술 중인데 아직 생사가 확인되지 않고 있다.
3. 대통령 시해범인 백악관 경호팀장은 현장에서 다른 경호원들에 의해 사살되었다.
4. 범인이 사망하여 암살 시도에 배후가 있는 여부를 확인할 방법이 없다.
5. 백악관 경호팀장의 집무실 및 자택 등에 대한 수색이 시도되는 중이다.
6. 대통령 유고 상황 발생되어 법에 따라 부통령 겸 상원의장인 조 바이든이 권한대행을 맡는다.

참고로, 조 바이든(Joseph Robinette Biden, Jr.)은 버락 오바마 행정부에서도 부통령직을 수행한 바 있다.

힐러리가 대선 후보로 나섰을 때 조 바이든 또한 출마를 고심했다. 그때 조 바이든의 인기는 힐러리를 위협할 정도였다. 그럼에도 힐러리의 런닝 메이트가 되는 걸 선택했다.

참고로, 조 바이든은 유태인이다.

잠시 화면을 지켜보던 현수는 이실리프 트레이딩 윌슨 카메론에게 전화를 걸었다. 곧이어 블라디미르 푸틴 러시아 대통령과도 통화를 했다.

"어머나! 어떻게 해요?"

화장실에서 나오던 지현이 깜짝 놀란 표정을 짓는다.

세계 최강대국 대통령이 자신의 경호팀장에게 총격을 받아 위중하다고 하니 놀란 모양이다.

"이미 벌어진 일이야. 잠시 서재에 있을게."

말을 마친 현수는 지현의 반응도 기다리지 않고 서재로 향했다. 그리곤 곧장 이실리프호와 통신을 시도했다.

[미국에서의 상황을 보고하시오.]

[유태계 장관들의 모의에 의한 시해입니다. 녹음된 파일을 전송하겠습니다. 확인해 주십시오.]

예상대로이다. 현수는 이실리프호에서 감청한 녹음 파일을 재생시켜 보았다.

유태계 장관들의 모의가 분명했다. 힐러리가 쓰러지면 조 바이든이 대권을 쥐게 된다. 그 즉시 이스라엘 파병을 결정하고 긴급 전개를 지시하라는 것이 요지이다.

"끄응! 이놈들이."

[이스라엘의 상황을 보고하세요.]

[지난 운석 공격으로 790만 명 중 약 200만 명이 사망한 것으로 추측되고 있습니다. 유태인들은 아랍 연합군의 대대적인 공격에 밀려 킨 유니스, 기자 시티, 아쉬켈론, 아슈도르, 홀론 등 서부 해안 지역으로 집결하고 있습니다. 그곳에서 배를 타고 탈출하려 합니다.]

[지중해에서의 선박 움직임은 어떻습니까?]

[이탈리아 카에타를 모항으로 하는 미해군 6함대가 출동 준비 중에 있습니다. 아울러 상당히 많은 선박이 동행할 것으로 여겨집니다.]

[이스라엘 사람들을 구하러 가는 건가요?]

[그렇습니다. 용선 계약자 거의 전부가 유태인입니다. 아! 방금 국방부로부터 출동 명령이 하달되었습니다. 6함대 전함 44척 모두 이스라엘 해안을 향해 출발하라는 명령이 떨어졌습니다.]

지중해의 민간 선박들을 총동원해서 국외로 탈출하려는 움직임을 보인다는 뜻이다.

현수는 잠시 생각에 잠겼다.

[이실리프호에 실린 암석들을 얼마나 있습니까?]

[새로 보충되어 충분히 보유하고 있습니다.]

[지금부터 이스라엘 서부 해안에 대한 운석 공격을 명령합니다. 모든 것이 파괴될 때까지 무제한 투사하세요.]

[명령 재확인을 요청합니다.]

[이스라엘 서부 해안 지역에 대한 무제한 운석 공격을 명령합니다. 유태인들을 모조리 쓸어버리세요.]

[…명령 하달받았습니다. 계산 후 작전 실시하겠습니다.]

[좋습니다. 통신 끝!]

이실리프호와의 통신을 마친 현수는 벽에 걸린 세계 전도에 시선을 주었다.

"니들이 화를 자초한 거야."

미군이 이스라엘을 돕겠다는 명분으로 병력을 파병하면 틀림없이 이슬람 세력과 격돌하게 된다.

그것은 곧장 3차 세계대전으로 이어질 확률이 매우 높다.

1차 세계대전 때엔 900만 명 사망, 2,200만 명 부상이었다. 1차 때보다 무기가 발달된 2차 세계대전 때엔 사망자만 5,850만 명가량이다.

지금은 2차대전 때보다 무기가 더 좋다. 특히 대량 파괴 무기의 발달이 두드러진다. 따라서 3차 세계대전이 발발하면 2차

때보다 훨씬 많은 인명 피해가 발생될 것이다.

미국을 등에 업은 이스라엘이 반격할 힘을 얻으면 보나마나 잔학한 보복전을 펼치게 될 것이다.

몇 년 전인 2015년 이슬람 인구는 약 16억 3,500만 명이었다.

백린탄을 서슴없이 투하하고, 어린아이들에게도 총구를 겨누는 이스라엘군이다.

이스라엘의 병력은 적지만 무기의 질이 다르다.

그 결과 1억이 넘는 인명이 살상당할 수 있다. 핵무기까지 동원하면 더 많은 인구가 줄어들 것이다. 그렇기에 현수는 남은 유태인에 대한 말살을 명령했다.

미군이 당도하기 전에 모두가 죽으면 3차 대전이 일어나지 않을 확률이 매우 높기 때문이다.

대를 위해 소를 희생시킨 것이다.

어마어마한 인명이 오가는 명령이었지만 현수는 조금도 머뭇거리지도 않았다. 그 이유는 유태인에 대한 좋은 감정이 전혀 없기 때문이다.

이스라엘에 파병하지 않는다고 자신들의 대통령을 서슴없이 시해하는 놈들이니 자비로울 이유가 없다.

현수의 명령이 떨어지고 얼마 지나지 않아 이실리프호에선 운석 투사가 시작되었다. 지난번에 계산을 끝내놓은 상태인지라 작전 전개가 몹시 빨랐다.

퉁, 퉁, 투투투투투투투투퉁—!

이실리프호의 하부에 열린 구멍들을 통해 상당히 많은 바위가 쏘아져 나간다. 암석질보다는 철질이 많아 크기에 비해 무게가 많이 나가는 것들이다.

투투투투퉁! 투투투투투투투투퉁—!

잠시 멈춰 있던 발사가 재개되자 수백 개의 바위가 이스라엘 해안 지대를 향해 쏘아져 간다.

공기가 있는 대기권에 돌입한 바위들은 시뻘건 화염에 휩싸인다. 마찰열 때문이다.

이스라엘 북부 해안에 위치한 항구도시 하이파는 공업과 해운이 발달된 도시이다. 이 도시의 남쪽엔 갈멜산이 있다.

중동의 나폴리라 불리는 이 도시는 이스라엘에서 세 번째로 큰 도시이다.

"아앗! 저, 저걸 봐!"

누군가의 고함에 놀라 하늘을 바라보던 유태인들의 눈이 커진다. 얼마 전에 있었던 운석 세례로 이미 도시의 상당 부분이 파괴되었는데 그때보다 적어도 열 배는 많은 운석이 쇄도하고 있으니 놀라지 않으면 이상하다.

"아앗! 또 운석이다. 엄청나게 많다. 모두 대피하라. 대피하라. 운석이 쏟아져 내린다. 대피! 대피!"

쐐에에에엑!

쿠와와아앙—!

가장 먼저 운석에 격중당한 곳은 하이파의 랜드마크인 바하이 사원의 둥근 지붕이다.

운석에 강타당한 바하이 사원은 그 형체를 잃었다. 반지름 50m, 깊이 20m쯤 되는 구덩이가 파였으니 당연한 일이다.

곧이어 하이파 전역에 운석들이 쏟아진다.

하나하나가 도달할 때마다 엄청난 굉음이 터져 나온다.

그 결과 커다란 구덩이가 파이면서 지하구조물까지 완벽하게 파괴된다.

무수히 많은 운석 크레이터가 생성됨과 동시에 인류 역사 내내 분란만 일으키던 유태인들의 숨이 멎는다.

지난번엔 이실리프호에서 자유낙하시킨 것이고, 이번의 것들은 의도적으로 쏘아 보냈다.

당연히 훨씬 더 큰 타격을 입히는 중이다.

쐐에에에에엑! 콰아아앙! 고오오오오—!

콰아아아앙! 콰콰콰콰콰쾅! 쿠와아아앙—!

수없이 많은 사람의 비명을 지르고 있지만 소리는 들리지 않는다. 너무나 큰 폭발음과 파공음 때문이다.

운석 공격은 10분도 안 돼서 끝났다. 그런데 하이파의 모습이 완전히 바뀌었다. 건축물의 99.99%가 파괴되었다.

대신 상당히 많은 크레이터가 파여 있다.

이스라엘 북부 해안도시 하이파의 완전무결한 궤멸이다. 이 같은 일은 해안 전체에서 벌어지고 있다.

사람들은 죽어라 도시 외곽으로 도망쳤다. 사람이 살지 않는 곳엔 운석이 떨어지지 않기 때문이다.

이들을 기다리고 있는 건 아랍 연합군이다. 눈에 보이는 족족 쏴서 죽인다. 하나라도 남겨놓으면 후환이 생길 것이라 생각하기에 추호의 인정도 없이 모조리 죽이고 있다.

훗날의 사서엔 오늘을 이스라엘 멸망의 날로 기록한다.

지난 운석 공격 때 간신히 살아남았던 590만 명 중 오늘 520만 명이 죽기 때문이다. 나머지 70만 명은 아랍 연합군의 소탕 작전에 의해 제거되거나 굶어 죽는다.

이날 이스라엘 상공에 떠 있던 위성 전부가 파괴되었다. 훗날 '알라신의 분노'라 이름 붙을 운석 쇄도 때문이다.

*　　　*　　　*

"정지!"

윌슨 카메론은 위병의 수신호에 따라 차를 세웠다.

"무슨 용무로 오셨습니까?"

"뒤차와 동행입니다. 용무는 그쪽에서 물어보시길!"

위병 근무자는 고개를 갸웃거리곤 뒤차로 다가가다가 멈

칫거린다. 검은색 세단 앞에 달린 번호판 때문이다.

외교 번호판을 달았는데 끝의 세 자리 수자가 001이다. 다른 나라 대사 차량이라는 뜻이다.

참고로 외교 차량의 번호가 012003이라면 앞의 012는 미국이 열두 번째로 수교한 국가라는 뜻이고, 뒤의 003은 그 나라 외교 공관 내 서열 3위라는 뜻이다.

1961년에 채택된 '외교관계에 관한 비엔나 협약'에 따라 외교관은 주재국에서 일반 외국인과 다른 특권과 면제 혜택을 누린다. 외교 차량도 같은 특권이 주어진다.

위병은 정중히 경례부터 했다. 외교관에 대한 예우 차원이다. 이때 차창이 스르르 내려간다.

"주미 러시아 대사 세르게이 키슬라크 님께서 탑승하셨습니다. 해군병원에 용무가 있습니다."

"자, 잠시만 기다려 주십시오."

러시아는 미국과 더불어 세계를 호령하는 강대국이다. 그런 강대국 대사 본인이 탑승하고 있다니 깜짝 놀란 것이다.

위병은 서둘러 초소로 돌아가 위병사관에게 보고했다.

안에서 다소 거만한 시선으로 윌슨 카메론 등을 보고 있던 사관 역시 화들짝 놀라더니 어딘가로 전화를 건다.

자신의 계급으론 감당 못 할 거물이 온 때문이다.

약 3분 후, 위병사관이 정중히 다가왔다. 그리곤 윌슨 카메론과 동행 여부를 묻고는 이내 차단기를 올린다.

이러는 사이에 안으로부터 차량 한 대가 빠른 속도로 다가왔다. 검은 양복을 걸친 사내는 세르게이 키슬라크와 몇 마디 말을 주고받더니 이내 부동자세를 취한다.

"대통령 비서실장 마거릿 윌리엄스 님께 안내하겠습니다."

윌슨 카메론과 세르게이 키슬라크의 뒤를 따라 병원 내 모종의 장소로 안내되었다. 대통령 유고 상황인지라 눈에 보이는 곳마다 무장한 병력이 있다.

"어서 오십시오, 대사님!"

대통령 비서실장 마거릿 윌리엄스는 세르게이와 여러 번 만났는지 대번에 알아본다.

"오랜만입니다."

"그런데 이분은……?"

마거릿의 시선을 받은 윌슨이 입을 연다.

"이실리프 트레이딩의 대표 윌슨 카메론입니다."

"아! 이실리프 트레이딩이요. 반갑습니다. 마거릿입니다."

마거릿은 고개를 끄덕이며 아는 척한다.

현재 이실리프 트레이딩은 세계 최고의 투자 집단이다.

2018년 현재 나스닥과 뉴욕증시 상위 100대 기업의 주식 대부분을 보유하고 있다.

이실리프 트레이딩 본사는 월가에 있지 않다. 그럼에도 월가를 지배하고 있다는 말을 듣는다.

혹자는 지구에서 가장 많은 돈을 움직이는 곳이라는 표현을 하고, 유태인들의 부를 제친 유일한 집단이라고도 한다.

그런 곳의 대표이시라니 웃는 표정으로 맞이한 것이다.

인사를 마치고 자리에 앉은 마거릿 윌리엄스는 이내 업무적인 표정을 짓는다.

수술실에서 사경을 헤매고 있을 힐러리 때문이다.

"대사님! 무슨 일로 저를 찾으셨는지요? 아시다시피 현재 대통령께서 수술 중에 있습니다."

윌슨보다는 세르게이가 더 무겁게 느껴진 모양이다.

"나는 이곳까지 미스터 카메론을 안내하는 역할입니다."

"네에?"

러시아 대사가 고작 안내인 역할을 맡았다니 마거릿은 놀란 표정을 짓는다. 그러거나 말거나 윌슨은 가져온 가방을 연다. 이곳에 오기 전에 투시기를 거쳐 온 것이다.

딸깍―!

가방 열리는 소리가 들리자 마거릿은 대체 뭔가 하는 표정으로 바라본다.

윌슨은 열린 가방 속에 스펀지로 보호된 삼각 플라스크 모양의 유리 용기를 집어 들었다.

"이건 우리 이실리프 그룹의 총괄회장이신 김현수 님께서 힐러리 로댐 클린턴 미국 대통령님의 부상 치료를 위해 특별히 보낸 겁니다."

"그게 뭡니까?"

"미라힐X라고 합니다. 말기 암이라 할지라도 단번에 완치시킬 수 있는 기적의 치료제이지요."

"네에?"

마거릿이 놀라거나 말거나 윌슨은 지시받은 말을 했다.

"의료진에게 전하십시오. 총탄을 빼낸 뒤 상처 부위에 이것을 부으라고. 봉합은 하지 않아도 된다 전하십시오."

"네에?"

마거릿은 계속 놀란 표정만 지을 뿐이다. 이때 윌슨이 세르게이에게 눈짓을 한다.

세르게이 주미 러시아대사는 지갑을 연 뒤 백지 상태인 명함 한 장을 꺼냈다. 이것의 가운데에는 수술할 때 쓰는 메스 모양이 그려져 있다.

윌슨은 이를 받아 든 뒤 힘주어 떼어냈다. 그러자 얇은 메스가 된다. 윌슨은 본인의 팔뚝에 이것을 대고 그었다.

스윽!

"으으윽!"

살이 베어지자 시뻘건 선혈이 흘러나온다. 통증을 느낀 윌슨은 나지막한 신음을 내며 삼각 플라스크의 뚜껑을 열었다.

그리곤 상처 부위에 두어 방울을 떨어뜨렸다.

부글부글—!

마치 과산화수소를 부은 듯 하얀 기포가 인다.

월슨은 상처 부위가 시원해진다는 느낌을 받았다. 그렇게 잠시 지켜보고 있다 티슈를 뽑아 상처 부위를 닦아냈다.

"헉—!"

"으윽! 이럴 수가!"

마거릿과 세르게이 둘 다 놀란 표정이다. 월슨의 팔뚝엔 아무런 상처의 흔적조차 없었던 것이다.

"이건 킨샤사의 이실리프 의료센터에서만 쓰는 기적의 치료제입니다. 대통령님의 환부에 부으면 지금 보신 것 같은 결과를 얻을 수 있을 겁니다."

삼각 플라스크의 뚜껑을 닫아 건네자 마거릿은 얼떨결에 이를 받아드는데 멍한 시선이다.

눈으로 보았지만 믿어지지 않는 때문이다.

CHAPTER 09
반은 붓고 반은 먹이세요.

"미라힐에 문제가 있다면 푸틴 대통령께서 책임을 지실 겁니다. 안 그렇습니까? 대사님."

"마, 맞습니다. 본국 대통령님께서 전적으로 신뢰할 수 있는 것이니 믿고 써도 될 것이라 하셨습니다."

킨샤사의 이실리프 의료센터가 완공된 후 주영은 현수가 남겨놓고 간 명단을 보고 초청장을 발송했다.

러시아에선 푸틴과 메드베데프, 그리고 드미트리 페스코프 크렘린궁 공보실장과 알렉세이 울류카예프 경제개발부 장관 등이 대상이다.

이 밖에 알렉세이 이바노비치와 지르코프, 그리고 상트페테르부르크의 밤을 장악한 래드 마피아 서열 2위 빅토르 아나톨리에스키도 명단에 올라 있었다.

알렉세이의 딸 올가와 남편인 유리 파블류첸코, 그리고 시아버지 로스아톰 사장도 받았다.

참고로, 로스아톰은 러시아 원자력을 총괄하는 회사이다.

마찬가지로 알렉세이의 딸인 나타샤와 남편인 안드레이 자고예프, 그리고 시아버지 UAC 부사장도 초청되었다.

UAC는 러시아 항공기 제조사들이 합병된 거대 회사이다.

에티오피아에서는 기르마 올데 기오르기스 대통령과 로마우 바이할 의무장관, 그리고 비아니 아자한 대통령 비서실장이 초청 대상이었다.

몽골은 차히야 엘백도르지 대통령과 폰착 차강 대통령 비서실장이 초청받았다.

아제르바이잔은 일함 알리예프 대통령과 자키르 하사노프 국방장관, 야바르 자말로트 방위산업부장관 등이 받았다.

브라질은 지우마 호세프 대통령과 세르지우 카브랄 리우데자네이루 주지사, 그리고 에두라르도 파에스 시장이다.

온두라스에선 후안 오를란도 에르난데스 대통령과 무역업계의 거물 다비드가 초청받았다.

콩고민주공화국의 경우는 대통령 이하 모든 각료, 그리고 차관과 국장급 공무원 전원에게 초청장이 발송되었다.

이 밖에 CMS 오머런의 세바스티앙과 MSC사의 아폰테 사장 부부도 끼어 있었다.

한국의 경우는 천지그룹, 백두그룹, 그리고 태백그룹 회장 및 사장들이 초청 대상이었다.

걸그룹 다이안 멤버 전원과 이실리프 계열사의 모든 사장도 개원식에 참석하여 자리를 빛냈다.

이 밖에 뉴욕대 수학과 미하일 레오니도비치 그로모프 교수, 그리고 그의 조카이자 세계적인 가수가 된 윌리엄 그로모프도 참석해 달라는 초청장을 받았다.

이들을 이실리프 의료센타의 성대한 개원식을 진심으로 축하해 줬다. 그리고 각기 두 병씩 미라힐X를 받았다.

상세한 설명서가 붙어 있는 이것은 개원식에 참석한 귀빈들에게 주는 답례품이었다.

어쨌거나 푸틴은 이것 중 하나를 사용했다.

하나밖에 없는 딸 예카테리나 푸티나가 교통사고를 당해 큰 부상을 입었을 때이다.

의료진들은 얼굴의 상처가 너무 크고, 깊어서 위독한 상황이라 하였다. 요행히 수술에 성공하여 목숨을 건져도 성형수술로 원상회복시키기 어렵다고 난색을 표했다.

이때 병원에 당도한 푸틴은 미라힐X 한 병을 다 썼다. 설명서대로 반은 상처에 뿌렸고, 반은 먹인 것이다.

그러자 모든 상처가 순식간에 아물었다.

상처의 흔적조차 찾기 어려운 상식 파괴 현장을 직접 목격한 의료진들은 넋이 나갔다.

이런 것이 있다는 걸 처음 안 때문이다.

의사들도 사람인지라 수술 중 환자가 사망하는 테이블 데스를 경험하면 많은 스트레스를 받는다. 그런데 미라힐만 있으면 못 고칠 병이 없을 것 같다.

하여 이 병원의 많은 의사가 사표를 던졌다. 그리곤 킨샤사로 달려가 채용해 달라고 애원한 바 있다.

이렇듯 직접 경험한 바가 있기에 푸틴이 세르게이 대사를 통해 잘못되면 책임을 지겠다는 뜻을 표한 것이다.

"이, 이것의 사용법은요?"

"절반 정도는 수술 부위에 붓고 나머지 반은 복용토록 하면 됩니다."

"자, 잠시만 이곳에서 기다려 주시겠습니까?"

"물론입니다. 아, 참! 혹시라도 의료진이 미라힐 사용을 거부하거나 주저하면 이 번호로 전화를 걸라고 하십시오."

윌슨이 건넨 쪽지를 받아본 마거릿은 크게 고개를 끄덕였다. 존 오키프라는 이름을 본 때문이다.

존 오키프(John O' Keefe)는 신경과학자이다.

뇌세포의 위치정보 처리체계를 밝힌 공로로 지난 2014년에 노벨 의학상을 수상한 바 있다.

마거릿은 쪽지를 들고 나갔다.

몸에 박힌 총알을 빼내는 수술 중이던 집도의는 수술장 문이 열리고 의사 하나가 들어서자 짜증을 낸다.

"누가 허락 없이 함부로 들어오라고 했어?"

"박사님! 급한 겁니다."

"급해……? 말해봐!"

저격당한 대통령을 수술하는 중간에 급하다고 들어왔으니 일단을 들어보려는 듯 수술을 멈춘다.

기다렸다는 듯 방금 들어온 의사가 말을 전한다.

"뭐야? 그게 말이 돼? 세상에 그런 게 어디 있어?"

"잠시만 기다려 주십시오."

말을 마친 의사는 지시받은 대로 전화를 걸었다.

잠시 후, 킨샤사 이실리프 의료센터에 근무하는 존 오키프 박사의 얼굴이 모니터에 나타난다.

"안녕하십니까? 존 오키프입니다."

"누, 누구요?"

집도의는 자신과는 비교도 할 수 없는 세계적인 권위자의 얼굴이 나오자 화들짝 놀라는 표정을 짓는다.

"존 오키프! 내 입으로 이런 말 하는 게 조금 부끄럽기는 하지만 2014년도 노벨 의학상 수상자입니다."

"아, 안녕하십니까? 박사님. 미 해군병원 외과장 홉킨스 볼드윈 대령입니다."

"아! 그래요? 반갑습니다. 지금 수술 중이라 들었으니 급한 말부터 하겠습니다. 거기에 삼각 플라스크에 담긴 연초록빛 용액이 있습니까?"

홉킨스 볼드윈 대령은 의사의 손에 들린 미라힐X를 보며 고개를 끄덕인다.

"네! 연초록빛 용액이 담긴 삼각 플라스크가 보입니다."

"그건 이실리프 의료센터에서만 사용하는 귀중한 의약품입니다. 그것의 절반을 환부에 붓고, 나머지 절반은 복용시키세요. 아! 총알은 먼저 빼내야 합니다."

"반을 상처에 붓고, 반은 먹이라고요?"

"네! 그러면 상처가 저절로 아물 겁니다. 그 전에 체내의 이물질부터 완전히 제거해야 합니다."

"……!"

홉킨스 볼드윈 대령이 이건 대체 뭔가 하는 표정을 지을 때 존 오키프의 말이 이어진다.

"나, 존 오키프의 모든 명예를 걸고 하는 말입니다. 그건 부작용 없는 기적의 치료제예요."

"……!"

"빨리 부으십시오."

"알겠습니다."

홉킨스 볼드윈은 미라힐X를 우측 폐에 부었다. 폐를 뚫고 들어간 총알은 이미 제거된 상태이다.

부글부글―!

환부에서 흰 기포가 일어난다. 그리곤 벌어졌던 상처가 서서히 오므라든다.

"헐! 이건 대체……."

전혀 상식적이지 않은 현상에 벌린 입을 다물지 못하자 맞은편에 서 있던 어시스트가 입을 연다.

"대령님! 심장에도 부으셔야 합니다."

"아! 그, 그래."

서둘러 심장 옆에 박힌 총알을 끄집어냈다. 그 과정에서 혈관을 건드렸는지 출혈이 시작된다.

"석션10)! 포셉11)!"

홉킨스 볼드윈이 간호사가 건네는 포셉을 잡으려던 순간 영상 속의 존 오키프가 입을 연다.

"수술 중 상처가 발생되었거나 지혈되지 않은 상태라도 관계없으니 미라힐을 부으세요."

---

10) 석션(Suction) : 흡입, 수술 중 발생된 혈액 등을 빨아들임.
11) 포셉(Forceps) : 지혈 목적으로 혈관을 잡을 때 사용하는 의료 기구. 지혈 감자라고도 한다.

"네? 지금 심혈관 손상 때문에……."

"상관없습니다. 총알 빼냈으면 상처 신경 쓰지 말고 미라힐부터 부으세요."

"아, 알겠습니다."

환부에 미라힐을 붓자 또 거품이 인다.

그냥 놔두면 손상된 혈관으로부터 혈액이 쏟아져 나와야 하는데 그럴 기미가 보이지 않는다.

"어라? 혈관 문합[12]도 안 했는데……."

보고 있으면서도 믿을 수 없었기에 다들 놀란 표정이다. 그렇다하여 마냥 넋 놓고 있을 순 없다.

힐러리의 의식이 없기에 식도까지 튜브를 꼽고 그것을 통해 나머지 전부를 집어넣었다.

몇 시간 정도 더 걸릴 수술이 불과 5분 만에 끝나자 다들 말도 안 된다는 표정으로 시선을 교환한다.

"이 장면 녹화되었나?"

"네! 대령님."

사람의 기억은 유한하지만 녹화된 영상은 복사만 잘하면 얼마든지 유지된다.

"미라힐이라고? 왜 이런 게 있는 걸 몰랐지?"

민간병원이 아니라 다소 폐쇄적이었던 때문이다. 이때 맞

---

12) 문합(吻合, Anastomosis) : 혈관 또는 신경, 장기 등이 서로 연결되어 있는 상태.

은편에 있던 어시스트가 입을 연다.

"이게 혹시 엘릭서로 소문난 그거 아닐까요?"

"엘릭서? 기적의 약?"

"네! 얼마 전에 대학 동기들이 술자리가 있었습니다. 그때 이야길 들었는데 아무래도 이게 그건가 봅니다."

"뭐라고 했는데?"

힐러리의 의식이 돌아올 때까지 할 일이 없었기에 물은 말이다.

"이실리프 그룹에서 개발한 엘릭서라는 게 있는데 원액을 마시면 말기 암조차 치료된다고 했습니다."

"마시기만 해도 말기 암을 치료해?"

"네, MD앤더슨에 동기 하나가 있는데 거기서 손 놓은 온두라스 대통령의 부친이 엘릭서를 복용하고 완치되었다고 합니다."

전문의 과정에 있던 어시스트의 말이 끝나자 마취과 의사가 입은 연다.

"제 친구는 필라델피아 어린이 병원에 근무 중인데 콩고민주공화국 내무장관 가에탄 카구지의 막내아들이 급성 림프모구 백혈병에 걸려서 포기했는데 지금은 쌩쌩하답니다."

"좀 현실적인 이야기를 해! 말기 암 환자가 단번에 나았다고 하는 거야? 지금?"

홉킨스 볼드윈의 말에도 어시스트는 끔쩍도 하지 않는다.

"네! 엘릭서를 복용하면 그렇게 된다고 들었습니다. 그래서 많은 권위자가 킨샤사에 있는 이실리프 의료센터에 근무 지원한다고 미국을 떠났습니다."

"존 오키프 박사님도 그런 분 중 하나죠."

마취과 의사까지 거들고 나서자 홉킨스 볼드윈 대령은 놀란 표정을 짓는다.

"헐! 그럼 미라힐이라는게 진짜 엘릭서라는 거야?'

"미라힐이 엘릭서인 게 아니라 미라힐은 미라힐입니다."

홉킨스 볼드윈 대령은 고개를 설레설레 흔든다. 그러면서도 힐러리의 바이탈 사인[13]을 살핀다.

모든 수치가 정상범위 안에 들어 있음을 확인한 홉킨스 볼드윈은 어시스트에게 시선을 준다.

"대통령님을 ICU[14]로!"

"네, 대령님!'

힐러리가 옮겨지는 동안 홉킨스 볼드윈은 수술 장면을 녹화한 파일을 찾아 재생시킨다.

미라힐X가 환부에 닿는 순간 흰 거품이 이는가 싶더니 벌어졌던 상처가 저절로 오그라들고, 이내 흔적도 없이 아물어

---

13) 바이탈 사인(Vital sign) : 활력 징후. 사람이 살아 있음을 보여주는 호흡, 체온, 심장박동 등의 측정치.
14) ICU(Intensive care unit) : 외과계, 내과계의 환자를 불문하고 중증환자를 한 곳에 모아서 중점적으로 치료하는 장소를 가리키며 중환자실이라고 한다.

버린다.

"후와아, 이게 말이 되는 거야? 어떻게 이런 일이……! 끄응, 이것만 있으면… 의사 노릇 쉽겠네."

미라힐이 닿자 출혈을 보이던 혈관이 저절로 아물었다. 이 정도면 웬만한 상처는 의사도 필요 없다.

아니, 정말 큰 상처가 아니라면 의사가 필요 없다.

"혹시 손상된 장기도 치유되나?"

말기 암도 고치는데 간경화나 신부전 등도 고쳐질지 모른다. 홉킨스 볼드윈은 화면에서 존 오키프의 전화번호를 확인하고 곧바로 자신의 휴대폰을 꺼냈다.

그리곤 지체 없이 존 오키프 박사의 번호를 눌렀다.

"박사님! 미 해군병원 외과장 홉킨스 볼드윈입니다. 몇 가지 여쭤보고 싶은 것이 있는데……"

홉킨스의 말은 중간에 잘렸다. 존 오키프가 말 사이에 끼어든 때문이다.

"아! 수술이 끝난 모양입니다. 하긴 미라힐은 그러고도 남지요. 궁금한 것이 많을 겁니다. 나도 그랬으니까요."

"네! 미라힐이라는 거 이거……"

이번에도 홉킨스의 말이 잘린다.

"이곳에 오면 실컷 경험할 수 있습니다. 동양 속담에 '백문이 불여일견'이라는 것이 있습니다. 한번 봤으니 이곳에 와

서 실컷 보십시오. 미라힐은 단언컨대 인류가 가질 수 있는
최고의 축복입니다."

"······!"

당대 최고의 권위자가 한 말이다. 홉킨스 볼드윈은 잠시 말
을 끊었다.

"제가 가면 받아줍니까?"

"해군병원 외과장이라 했지요?"

해군병원은 워싱턴에서 북쪽으로 30분 거리에 있는 메릴
랜드 베쎄스다에 위치한 병원으로 대통령 전용 병원이다.

"네."

"그 정도면 가능할 것 같습니다."

홉킨스는 뉘앙스를 확연하게 느꼈다. 자신 정도는 발에 치
일 정도로 많다는 것을! 그래도 가고 싶다.

"곧 가겠습니다. 박사님! 저를 잊지 말아주십시오."

"물론입니다. 기다리죠."

*　　　*　　　*

"방금 뭐라고 했나?"

제임스 포레스탈 국방장관은 CIA국장 에모리 스튜워드의
얼굴을 빤히 바라본다. 둘은 친구 사이이다.

"파병을 취소하라고 했네."

"파병을 취소하다니? 우리 이스라엘이 아랍 놈들에게 당하고 있다고. 우리 민족의 고향인 그곳에서!"

제임스는 말도 안 된다는 표정이다.

"이런! 아직도 모르는군. 어서 텔레비전을 켜보게. 근데 자네 아랫사람들은 이런 이야기도 안 해주나?"

"아! 내가 조용히 한잔하려고 방해하지 말라고 했네. 그나저나 텔레비전이라니? 그 여우가 죽었나?"

"힐러리는 멀쩡해. 이실리프 그룹에서 가져온 미라힐이란 것 덕분이지."

"총알을 두 발이나 맞았다며?"

"그래! 그랬지. 폐에 한 발, 심장에 한 발. 그런데 수술은 끝났고, 목숨은 건졌네."

에모리 스튜워드의 말에 제임스 포레스탈은 말도 안 된다는 표정을 짓는다.

"쩝! 자네 의학 드라마를 너무 많이 봤어. 몸에 총알이 박힌 수술이라는 게 그리 쉽게 끝나지 않네."

"그래, 쉽게 안 끝나지. 근데 힐러리의 수술은 이미 끝났네. 마취만 풀리면 집무실로 되돌아올 것이네."

"그게 말이 되나? 총알을 두 발이나 맞았는데."

"그래! 두 발 맞았는데 멀쩡하다고 하네."

"뭐야? 대체 뭐지?"

제임스 포레스탈은 상식적이지 않은 이야기에 고개를 갸웃거린다. 이때 에모리 스튜워드가 리모컨의 버튼을 누른다.

CNN 방송이 뜬다.

"이 시각 현재 상황을 다시 한 번 말씀해 주십시오."

"네! 여기는 이스라엘의 하이파입니다. 제 뒤로 보……."

"뭐야? 저게?"

놀란 제임스의 얼굴을 본 에모리는 음량을 줄인다.

"조금 전 이스라엘에 또다시 운석우가 내렸네."

"또?"

"그래! CNN 특파원의 말에 의하면 지난번에 비해 열 배 이상 되는 무지막지한 양이 쏟아졌네."

"헐! 열 배나? 그, 그래서……?"

"그 결과 거의 모두가 죽었네. 하이파를 비롯한 서부 해안 도시 전부가 쑥대밭이 되었어. 그 결과 400만 이상이 목숨을 잃은 것으로 추정하고 있네."

말을 마친 에모리가 다시 음량을 키우자 CNN 특파원의 음성이 들린다.

"제가 서 있는 이곳은 관공서 건물이 있던 곳입니다."

특파원이 서 있는 곳은 움푹 파인 크레이터의 중심부이다.

이때 화면이 바뀌면서 두바이의 건축물 비슷한 대형 건물의 사진이 올려진다. 바람을 머금은 돛이 부푼 듯한 형상인데 30층 정도인 현대식 건물이다.

"관공서가 있던 이곳은 보다시피 크레이터가 깊게 파였습니다. 평상시엔 상당히 유동 인구가 많았던 곳인데 현재는 이곳을 중심으로 반경 300m 이내엔 생존자가 없습니다."

화면 아래에 자막이 뜬다.

이스라엘에 운석비 재차 쇄도!
사망자 400만 이상으로 추정.

"이런 말씀을 드려서 어떨지 모르겠습니다만 이스라엘은 이제 멸망한 듯싶습니다. 살아 있는 사람이 없습니다."

화면은 폐허가 되어버린 하이파의 참혹한 광경을 비추고 있다. 특파원은 더 이상 할 말이 없다는 듯 입을 다문다.

수많은 사람이 목숨을 잃은 현장에 있으니 마음이 착잡한 듯싶다.

장면이 바뀌면서 이스라엘의 다른 장소들이 비춰진다.

이스라엘 서부 해안 최남단 도시인 칸 유니스부터 시작하여 가자 시티, 아쉬켈론, 아슈도드, 홀론, 바트얌, 테아비브야파, 라마트간, 페타 티구아, 네타니아, 하데라, 하이파, 아코, 그리고 최북단 도시 나하리야까지 모두 나온다.

화면 아래 각 도시별 명칭이 자막으로 떠 있어 알 수 있는
일이다.

모두가 완벽한 폐허이다. 멀쩡한 건물은 눈을 씻고 찾아보
려 해도 보이지 않는다. 99.99%가 사라진 것이다.

무너진 건물 잔해 아래엔 수많은 사람이 목숨을 잃은 채 깔
려 있을 것이다. 개중엔 아직 죽지 않은 사람들도 있겠지만
구조의 손길은 전혀 없다.

구조할 인력 자체가 없는 때문이다.

운석우가 내린 후 긴급히 파견된 특파원이나 리포터들은
다들 할 말을 잃었다는 듯 입을 다물고 폐허가 된 현장의 모
습만 보여준다.

운 좋게 운석이 쇄도하는 장면을 찍은 화면이 송출되었는
데 그마저도 중간에 잘렸다. 현장 욕심 부리다가 운석 공격에
당해 목숨을 잃은 때문이다.

"이스라엘은 이제 끝났습니다. 이제 이 땅은 어떤 나라가
차지하게 될까요?"

특파원의 물음에 아무도 대답하지 못한다.

화면을 보고 있는 유태인들은 망연자실한 표정이다. 이건
분명한 천벌이기 때문이다. 또 다른 천벌이 올까 싶은지 우리
가 무슨 죄를 지었는지 반성하자고 했다.

반면, 범이슬람인들은 환호작약하고 있다. 알라후 아크바

르를 외치며 거리로 뛰쳐나간다.

이들은 위대한 알라께서 간악한 유태인들을 깨끗이 쓸어 버렸다 생각한다.

이스라엘의 공습으로 수도 다마스쿠스 동부 시가지 일부 가 폐허로 변한 시리아에선 신나는 음악이 연주되고, 이에 맞 춰 춤을 추는 이들이 거리에 즐비하다.

이 밖에도 이스라엘과 국경을 맞대고 있던 나라들 모두 잔 치 분위기이다.

유럽 각국 언론들은 직접적인 논평 대신 사실에 입각한 보 도만 할 뿐이다. 그래도 잘 들어보면 '하늘 높을 줄 모르고 까 불다가 천벌을 받아 쌤통' 이라는 뉘앙스가 풍긴다.

자신들의 이익만 꾀하던 유태인들에 대한 뿌리 깊은 반감 이 저도 모르게 섞인 것이다.

"어떻게 이스라엘에만……!"

제임스 포레스탈은 할 말을 잃었다는 표정이다.

조상들의 고향인 이스라엘이 완전무결한 폐허로 변했고, 790만 인구 중 얼마가 살아남았는지 알 수 없다.

항구에 있던 선박들은 거의 모두 침몰 또는 파손된 상태이 다. 운석이 쏟아지자 급하게 배를 타고 나섰던 사람들은 운석 이 일으킨 큰 파도에 휩쓸려 모두가 익사했다.

어느 리포터인지 특파원인지 알 수 없는 사람의 말처럼 이스라엘은 멸망당했다. 남은 인구가 있더라도 너무 숫자가 적어 국가라 할 수 없을 것이다.

인류 역사상 최초로 운석이 한 나라를 없앤 것이다. 현수와 이실리프호 승조원을 제외한 세계인 모두 천벌이라 한다.

훗날, 수단과 방법을 가리지 않고 제 욕심만 채우던 유태인들이 천벌 받았음은 교과서에 실리게 된다.

에모리 스튜어드는 멍한 시선인 제임스를 바라본다.

"파병해 봐야 소용없네. 가봤자 구할 사람도 없을 것이고, 설사 있다 하더라도 잔뜩 기세가 오른 아랍 연합군과의 전투에서 적지 않은 병사들만 잃을 확률이 높네."

"끄응! IS 같은 놈들에게나 쏟아질 것이지."

헤즈볼라, 하마스 등 이슬람 무력단체들을 눈엣가시처럼 여기던 제임스이기에 그의 투덜거림은 길었다.

그렇다 하여 본연의 임무를 잊은 것은 아니다. 잠시 후, 6함대 사령관에게 긴급 출동 명령을 해제했다.

"그나저나 그 여우가 알면 안 되는데."

여우는 당연히 힐러리를 뜻한다.

"당연히 알 수가 없지. 사무엘은 이미 죽었네."

백악관 경호팀장의 이름이 사무엘이다. 범인이 죽은 이상 배후를 밝혀내는 건 어려운 일이다.

"끄응! 이번 일로 색안경을 끼고 보면 안 되는데."

자신이 반대하던 파병 명령이 시해 사건 직후에 내려졌음을 알게 되면 힐러리는 그냥 넘어가지 않을 공산이 크다.

법대 출신이라 논리적이면서도 고집이 강하고, 자아에 대한 확신도 커서 제 뜻에 맞지 않으면 끝까지 캐묻는 습관이 있기 때문이다.

"CIA는 내가 꽉 잡고 있으니 문제없고, NSA도 괜찮네."

"그래도 다시 한 번 점검하세."

"그러지."

다시 한 번 점검해서 나쁠 일 없기에 에모리 스튜워드는 흔쾌히 고개를 끄덕인다.

"그나저나 이실리프 그룹에서 보낸 게 뭐라고?"

제임스의 물음에 에모리는 별일 아니라는 투로 말한다.

"미라힐이라는 것이네. 말기 암 환자도 벌떡 일어나게 하는 기적의 신약이라더군."

"뭐어? 그런 게 있었나? 그런데 왜 내가 처음 듣지?"

세상에서 가장 좋은 것들은 당연히 미국에 있어야 한다고 생각하는 제임스다운 말이다.

"어이구, 국방장관답다. 꽉 막혔어. 막혔다고."

"뭐야? 뭐냐구? 진짜 그런 게 있어?"

"그래! 킨샤사 이실리프 의료센터에서만 쓰는 약이네."

"좋은 거라며? 근데 왜 거기서만 쓴대? 좋은 거면 여기부터 써야지. 안 그래?"

제임스는 말도 안 된다는 표정이다.

"그걸 만든 사람이 그곳에만 공급하네."

"뭐 그런 놈이 다 있어? 좋은 건 당연히 이곳부터 써야지.
싸가지 없는 놈이군! 안 그런가?"

제임스 포레스탈은 에모리 스튜어드에게 자신의 말에 동
의하지 않느냐는 표정을 지어 보였다.

"주인이 안 준다는데 어쩌겠나?"

"특허! 특허를 냈을 거 아닌가? 그리고 하나 구해서 복제하
면 되는 거 아닌가?"

저작권법과 특허법에 대해 유난히 민감하게 구는 나라의
국방장관치고는 참 초법적인 발언이다.

"특허는 내지 않았네. 그리고 복제는 불가능했지."

"뭐야? 벌써 입수해서 해봤나?"

"그래! 그랬지. 그런데 아무리 애를 써 봐도 복제가 불가능
했어. 우리의 능력을 총동원했음에도!"

CHAPTER 10
여기가 거기예요?

CIA국장 에모리 스튜어드의 말은 사실이다.

미라힐에 대한 소문이 번지자 CIA는 이실리프 의료센터에 가짜 환자를 입원시켜 미라힐을 사용토록 했다.

이 환자는 미라힐 투여 직후 암살당했다.

그의 시신은 곧바로 냉동된 후 미국으로 이송되었다. 그리고 도착 즉시 체내 미라힐 성분을 추출해 냈다.

여러 분야의 전문가들이 총동원된 분석이 시작되었다.

그 결과 몇 가지 성분은 쉽게 찾아냈다.

그것만으로도 치료 효과가 있는 것이다. 그런데 그만한 효능을 보이는 물질은 다른 것도 많다. 그리고 그것들은 놀라운 치유 효과를 보이는 것과는 거리가 먼 것이다.

나머지에 대한 정밀 분석을 시도했지만 끝내 성분을 알 수 없었다. 당연히 온갖 방법을 써도 합성 불가능했다.

"그럼 그놈을 끌고 오면 되잖아."

에모리 스튜어드는 어이없다는 표정을 짓는다.

"제임스! 자넨 이실리프 그룹 총괄회장도 모르나? 자기가 사는 나라보다도 큰 자치령이 세 개고, 북한까지 통치해. 아! 에티오피아에도 작지 않은 자치령이 있지."

"그, 그 친구인 거야?"

제임스 포레스탈도 김현수는 안다.

빌보드 차트 1위에 올라 있는 곡의 작곡가이며, 작사가이다.

축구는 메시나 호나우두의 최전성기를 훨씬 능가한다.

프로로 뛰면 EPL에서도 경기당 최소 5득점 이상이 가능하니 데뷔 첫해에 발롱도르가 될 확률이 100%이다.

야구의 경우는 인간이 던져 보지 못한 속도를 보여주었다.

메이저리그에 데뷔하면 승률 10할이 당연하다. 인간이 반응할 수 없는 속력이기 때문이다.

사이영상 수상은 당연하고, 다음 해부터는 투수들에게 주는 최고의 영예는 Kim,s Award로 바뀔 확률이 매우 높다.

게다가 수학 난제 6개를 모조리 풀어냈고, 페르마의 마지막 정리를 새로운 방법으로 깔끔하게 증명해 낸 천재이다.

하여 수학과 관련된 상이란 상은 모조리 수여받았다.

수학계의 노벨상인 필즈상을 필두로 네반리나상(수리정보
과학), 가우스상(응용수학), 천상(기하학), 릴라바티상(수학대중
화) 등을 모조리 휩쓴 것이다.

어쨌거나 현수는 직장인의 신화이며, 성공한 사업가이다.

이 밖에 데뷔만 하면 단숨에 초특급 영화배우가 될 사람이
다. 하겠다고 나서기만 하면 할리우드의 모든 감독이 돈 다발
을 흔들며 쌍수를 흔들 것이다.

돈도 타의 추종을 불허할 정도로 많다.

한때 번갈아가며 세계 1~2위를 차지했던 워런 버핏 버크
서해서웨이 회장과 마이크로소프트의 빌 게이츠 회장을 불러
다 마당쇠로 부릴 정도로 많다.

이 정도만 되어도 건드릴 수 없는데 현수는 러시아가 수교
한 모든 국가의 국제협력담당 특임대사이다.

미국이 현수를 납치하면 그 즉시 러시아와 전쟁을 각오해
야 한다.

미국이 아무리 초강대국이라 하더라도 러시아와의 일전은
피하는 것이 상수이다. 전쟁이 발발 즉시 수없이 많은 탄도미
사일들이 우주를 수놓게 될 것이기 때문이다.

강력한 무력을 보유했으니 미국이 러시아에게 지지는 않

을 것이다. 하지만 미국 국토의 상당 부분이 방사능에 오염되는 결과는 피할 수 없을 것이다.

미사일 방어 시스템이 있지만 아직 완성된 것이 아닌 때문이다. 저고도와 중고도, 그리고 고고도까지 방공미사일 체계를 구축했지만 명중률이 낮다.

어쨌거나 현수는 거물 중의 거물이 되었다. 그렇기에 제임스 포레스탈은 입맛을 다셨다. 진귀한 보물을 가진 놈을 발견했는데 빼앗을 수 없으니 안타까운 것이다.

탐욕스런 유태인의 피를 물려받았으니 저도 모르게 본능적으로 이런 기분을 느끼는 것이다.

"가세! 우리가 여기서 김현수 회장 이야기를 해봐야 무슨 소용이 있겠나. 그러니 가서 대책이나 마련하세."

"그래! 그래야지. 그래도 김현수 그놈을 한 번 잡아서 족쳐봤으면 좋겠네. 제까짓 게 돈이 아무리 많아봤자 일반인 아닌가?"

"김 회장이 불곰국의 푸틴이 임명한 국제협력담당 특임대사라는 걸 잊었나?"

"그러니까 말이네, 그것만 아니면……. 우리 같은 유태인이 아님에도 세계 최고의 부자라는 것도 마음에 안 들어."

제임스 포레스탈은 일면식도 없는 현수에게 적개심이라도 느끼는 모양이다. 에모리는 계속해서 투덜거리는 제임스와 더불어 호텔 방을 나섰다.

　그들이 나서고 얼마 지나지 않아 안쪽의 문이 열리더니 부스스한 머리를 한 여자가 비틀거리며 나선다.

　요즘 할리우드에서 뜨고 있는 핫한 신인 여배우 올리비아 키아나(Olivia Kianna)이다.

　어제 있었던 파티에서 제임스를 처음 만났는데 눈독들이고 있는 배역에 대해 이야기하자고 해서 따라왔다.

　과음을 해서 인사불성이 되었는데 눈을 떠보니 발가벗은 상태이고, 탁자 위엔 100불짜리 한 장이 놓여 있다.

　"으드득! 개만도 못한 새끼! 대체 날 뭘로 보고……?"

　올리비아는 심한 분노를 느끼고 있다.

　제임스 포레스탈은 본인의 의사도 묻지 않고 마음대로 능욕하고, 잔돈을 던져 놓고 갔다.

　자신을 창녀 취급했는데 명색이 최강대국 국방장관이라는 놈이 겨우 100불을 꺼내놓았다.

　길거리 창녀도 이보다는 많이 받는다.

　아마도 어제 주고받았던 차기작 주연에 관한 이야긴 모두 없었던 이야기일 것이다.

　"제임스 포레스탈, 이 개새끼! 두고 보자. 으드득!"

　국방장관직에 영원히 머무는 것이 아니다.

　대통령의 신임을 잃게 되거나, 다음 정권이 되면 물러나 야인이 되어야 한다.

올리비아는 중학교 동창 토비 잭슨을 떠올렸다.

얼마 전 동창회에서 우연히 만났는데 뉴욕 암흑가에 몸담고 있으며, 언제든 도움이 필요하면 전화하라고 했다.

"토비! 토비가 필요해."

토비 잭슨은 뉴욕 마피아 5대 패밀리의 총괄보스 밑에서 일하는 솜씨 좋은 킬러이다.

지금껏 열두 번 임무를 맡아 모두 성공시킨 바 있다.

그런 토비가 한 번이라도 안아봤으면 하는 올리비아가 능욕당했고, 싸구려 창녀 대접을 받았다.

그에 대한 대가는 제임스 포레스탈의 죽음뿐이다.

물론 여건만 허락되면 죽기 전까지 지독한 고통을 안겨줄 고문이 있을 수도 있다.

"그나저나 뭐라고 했지? 김현수? 설마 그 김현수?"

올리비아 키아나가 가장 좋아하는 사내가 바로 현수이다.

신화창조 티저 영상을 보고 한눈에 빠져 버린 것이다.

하긴 넘치는 카리스마와 절제된 연기를 보고 안 반할 여자가 누가 있겠는가! 한때 국민전무 열풍을 일으켰고, 뭇 여성들의 방심을 뒤흔든 초특급 인사였다.

"근데 왜 김현수 그 사람을 어쩐다고 한 거지? 그리고 여우는 또 누구야?"

올리비아는 고개를 갸웃거린다. 하나 내막은 알 수 없다.

비틀거리며 샤워실로 들어간 올리비아는 제임스의 짐승 같은 체취를 지우려고 세 번이나 샤워했다.

그러는 내내 현수를 떠올렸다. 어젯밤 상대가 현수였다면 하는 생각을 하자 후끈 달아올랐다.

만일 상대가 현수였다면 올리비아는 100불 아니라 10불만 받아도 좋으니 매일 안아달라고 매달렸을 것이다.

선글라스와 모자로 얼굴을 가린 올리비아는 호텔을 나서며 중얼거린다.

"이실리프 트레이딩도 그 사람 회사지? 한번 가봐야겠어."

어젯밤 올리비아는 처녀성을 잃었다. 그럼에도 분노를 안으로 삭일 줄 안다. 영화판을 돌면서 처세를 배운 탓이다.

*   *   *

"어떻다고 합니까?"

"조금 전에 의식이 돌아왔다고 합니다. 지금 집무실로 되돌아가는 중이구요."

"다행이군요."

엄규백의 보고를 받은 현수는 고개를 끄덕였다.

미라힐X라 부르는 회복 포션을 제때 잘 사용하여 효과를 본 것이 마음에 든 것이다.

"윌슨 카메론 대표가 말하길 힐러리 대통령이 회장님께 깊은 감사의 뜻을 전해 달라고 했답니다."

당연히 감사받을 일을 했으니 현수는 대꾸하지 않았다. 고개만 끄덕였을 뿐이다.

사상 초유인지 여부는 확인할 수 없지만 미국 대통령이 각료들의 농간에 의해 저격을 받았다.

사전에 위험을 알려주었지만 소용없는 일이었다.

병원으로 긴급 후송되어 수술을 받았는데 완쾌 여부를 장담할 수 없었다. 두 발의 총탄 중 하나는 우측 폐를 뚫었고, 다른 하나는 심장 바로 옆에 박혔다.

조금만 더 옆이었다면 심장에 총알이 박히거나 대동맥이 끊겼을 것이다.

총격을 받고 병원에 도착할 때까지의 시간을 계산해 보면 제아무리 실력 좋은 의사라 해도 살려내기 어려운 일이다.

어쨌거나 해군병원 외과장 홉킨스 볼드윈은 최선을 다했다. 그럼에도 수술을 하면서 어쩌면 데이블 데스를 맞이하게 될지도 모른다는 두려움에 떨었다.

예후가 상당히 좋지 못했던 때문이다. 이때 미라힐X가 등장했고 기적적으로 모든 우려를 씻어냈다.

당시의 수술 장면은 고화질로 녹화되었고, 지금까지 반복해서 재생되는 중이다.

이를 보기 위해 로스앤젤레스에서도 비행기를 타고 온다. 환자가 대통령인지라 파일의 외부 유출이 금해진 때문이다.

미국의 저명한 의사들은 말로만 듣던 미라힐X의 효능을 보곤 입을 딱 벌린다. 이건 단순한 약품이 아니다.

기적을 일으키는 '신의 선물'이다.

미라힐이 의사들의 입에 회자되는 동안 백악관 경호팀원들에 대한 대대적인 사정 작업이 진행되었다.

아내가 대통령이 된 후 막후에서 배우자 역할만 담당하던 빌 클린턴이 전면에 나선 것이다.

'동방의 빛'으로부터 전해 받은 이야기가 있었기에 조사의 초점은 경호원들의 혈통에 유태계가 포함되어 있는지 여부이다. 3대는 물론이고, 5대 조상까지 탈탈 털어 유태계와 연관이 있다고 확인되면 그 즉시 인사 명령을 내렸다.

특정직에서 일반직으로 바뀌면서 전문적인 지식이 필요 없는 서류 수발 업무 같은 보직을 받은 것이다.

불만이 있겠지만 자신들의 수장이던 경호팀장이 시해 사건의 범인이기에 입도 열지 못한다.

빌 클린턴에 의해 백악관 경호팀은 물론이고, 시설관리팀까지 사정의 칼바람이 불었다.

이러는 내내 유태계 각료들의 은밀한 회동이 이어진다.

워싱턴에 위치한 월러드 인터콘티넨탈 호텔 최상층의 호화로운 룸에는 국방장관 제임스 포레스탈과 CIA국장 에모리 스튜워드, 그리고 에너지부 장관이 모여 있다.

먼저 입을 연 것은 에너지부 장관이다.

"이봐! 제임스. 확실히 꼬리를 자른 거지?"

"그래! 사무엘은 현장에서 사살되었네. 구두로만 이야기했으니 증거가 있을 수도 없고."

"그거 자네가 지시한 건가?"

"지시? 아! 사무엘을 현장에서 사살한 거? 만사불여튼튼이잖나. 후환이 남을 일은 가급적 없애는 게 좋지."

제임스는 당연한 일이라는 듯 고개까지 끄덕인다.

이런 걸 보면 이놈은 확실히 유태인이다. 제 이득을 위해서라면 수단과 방법을 가리지 않는다.

"끄응! 그런데 왜 이렇게 불안하지?"

에너지부 장관은 뒷목이 뻣뻣한지 손으로 주무른다. 힐러리 시해 사건 이후 계속된 긴장 때문이다.

잠시 후, NSA의 수장 키스 알렉산더와 국무부, 재무부, 법무부, 내무부, 농무부, 상무부 장관들이 차례로 들어선다.

"제임스! 웬일로 우리를 소집했나?"

"여우 사냥에 실패했으니 대책이 필요해서!"

제임스 포레스탈의 말이 끝나자 에모리가 거든다.

"여우의 분위기가 수술 후 상당히 많이 바뀌었다고 하네."

"그야 당연한 거 아닌가? 총을 맞아 수술을 했으니."

농무부 장관의 말은 키스 알렉산더가 받는다.

"숨죽이고 있던 발정 난 늑대의 움직임도 활발해졌네."

빌 클린턴이 아내를 보호하기 위해 조치를 취하는 것을 이르는 말일 것이다.

"그래 봤자 별일 있겠나? 르윈스키를 내 비서로 채용하면 깨갱 하고 찌그러질 것이네."

"크크크!"

법무장관의 말에 다들 웃음을 짓는다. 빌의 최대 약점이 바로 한때 백악관 인턴이었던 르윈스키이기 때문이다.

모니카 르윈스키를 대동하고 나타나면 빌은 낯을 붉히며 후다닥 도망가기에도 바쁠 것이다.

"문제는 빌의 근처에 있는 자들이네. 의도적인지 여부는 알 수 없지만 우리 쪽 사람이 하나도 없네."

"설마……?"

상무부 장관의 시선은 제임스에게 향해 있다. 힐러리가 자신들의 음모를 눈치챘는지 여부를 아느냐는 눈빛이다.

"그래서 회의를 소집했네."

"무슨 일을 또 하려고?"

제임스와 에모리의 주도하에 여우 사냥을 시도했다. 충직

하던 사냥개까지 토사구팽하며 벌인 일이다.

그런데 실패했다.

심각한 건 여우가 총을 쏘도록 한 사냥꾼이 누구인지를 눈치챈 듯하다는 것이다. 발정 난 늑대와 그 주변인들의 면면을 보면 그러하다.

상황이 역전되면 여우의 무리들에게 사냥꾼들이 포위된 채 하나하나 제거될 확률이 높다.

그렇기에 다들 모여서 앞날을 의논하자는 것이다.

"여우 사냥을 다시 한 번 하세."

제임스의 말에 상무부 장관이 눈을 크게 뜬다.

"진심인가?"

"사냥을 해야지. 우리가 사냥당할 군번인가?"

"그건 그렇지. 좋네. 이번엔 무슨 방법인가?"

상무부 장관의 물음을 받은 제임스는 CIA의 에모리 스튜어드에게 시선을 준다.

"에모리! 자네가 나설 차례네."

"험험! 지난 1960년대 후반에 우리 쪽에서 흔적 없이 심장마비를 일으키게 하는 비밀 병기를 개발한 바 있네."

"설마, 조개껍질에서 추출한 독극물을 3㎜ 크기의 얼음 탄환에 넣어 발사하는 것을 말하려는 건가?"

"그거에 당하면 피부에 미미한 붉은 흔적만 남기고 녹아버려 부검을 해도 흔적을 찾을 수 없지."

농무부 장관과 법무부 장관의 말이다.

이런 상태를 보이고 죽은 인사들이 꽤 있어서 음모론에 자주 등장하던 비밀 병기이다.

"맞네! CIA에서 개발했지. 그걸 쓰면 어떨까 싶네."

"흐음! 사무엘 때문에 경계가 한층 더 삼엄해졌는데 가능할까?"

"사냥개가 한 마리만 있는 건 아니지. 그리고 꼭 개일 필요도 없지 않은가?"

경호팀 이외에도 암살 임무를 맡을 사람이 있다는 뜻이다.

에모리와 시선이 마주치자 농무부 장관이 묻는다.

"성공 확률은?"

"80% 이상이네."

"호오……! 높군."

특별한 변수가 없는 한 거의 성사된다는 뜻이다.

"좋아! 그럼 여우 사냥이 끝난 후……."

한참 동안 진행된 회동은 서로가 만족할 만한 수준에서 끝났다. 여우 사냥의 작전 책임자는 제임스이고, 에모리는 필요한 장비와 여건을 제공하는 것으로 마무리되었다.

자신들의 원하는 결론에 도달하자 제임스와 에모리는 몹시 시분이 좋았다.

"에모리! 조만간 술 한잔하세. 내가 사지."

"그래? 나야 좋지! 그나저나 그년은 어땠나?"

"그년……? 누구를 말하는 건가?"

"자네가 데리고 간 올리비아 말이네."

"아! 걔……. 맛이 별로였네. 생긴 것만 그렇지 침대에서의 예절을 전혀 모르더군."

"그래? 겉보기엔 색 좀 쓰게 생겼는데 아니었나?"

"처녀여서 그랬나 봐. 몇 번 더 맛보고 그때 자세히 이야기해 주겠네."

"흐흐흐! 너무 힘 빼진 말게. 널린 게 계집이니."

"후후! 그렇긴 하지. 그래도 길을 들여야지. 안 그런가?"

제임스와 에모리는 음담패설을 나누며 주차장으로 향했다.

*　　　*　　　*

같은 시각, 현수는 이맛살을 찌푸리고 있다. 더러운 이야길 들어서이다.

현수는 이실리프호로부터 중계를 받아 현장에서의 회의 내용을 모두 들었다. 지금은 제임스와 에모리가 주차장에서 헤어지는 모습을 보는 중이다.

"이실리프호! 방금 언급된 올리비아가 누구지?"

"…사진과 프로필 전송했습니다. 확인해 주십시오."

딸깍—!

마우스를 조작하여 전송된 파일을 열어보았다.

매력적인 젊은 여인이 뇌쇄적인 포즈로 웃고 있는 사진이 보였다. 옆을 보니 할리우드의 신성으로 장래가 기대되는 연기파 배우라는 설명이 붙어 있다.

스크롤바를 내려 보니 누군가와 인터뷰한 내용이 간추려져 있다. 다음이 그 내용 중 일부이다.

—올리비아, 이번 영화를 보면 연기력이 상당히 좋습니다. 특별한 과외라도 받았습니까?

—네, 받았지요. 호호!

—아! 그렇군요. 솔직히 말씀드려 전작에 비해 너무 확연하게 연기력이 향상하여 상당히 놀랐습니다.

—칭찬에 감사드려요. 호호호!

—그런데 누구에게서 연기 지도를 받으셨습니까? 이름을 알려 주실 수 있을까요?

—그럼요! 제 연기지도 선생님은 김현수 님이세요.

—김… 누구요?

—한국의 천지건설 부회장이자 이실리프 그룹 총괄회장인 김현수 님이 제 연기 스승이에요.

─네에? 저도 그분 압니다. 아주 유명한 작곡 및 작사가이기도 하죠. 근데 김현수 회장님과 직접 만나서 연기 지도를……. 어라! 생각해 보니 그분 연기자가 아니잖아요.

─그분이 얼마나 바쁘신 분인데요. 저는 그분이 찍으신 신화창조 티저 영상을 보고 연기 연습을 했어요. 김현수 님은 연기자는 아니면서도 정말 명품 연기를 보여주셨지요. 기자님도 한번 보세요. 정말 대단하세요.

─아! 그런가요? 꼭 한번 챙겨서 보겠습니다. 마지막으로 세상 모든 젊은이의 인기를 한 몸에 받고 있는 올리비아의 이상형을 말씀해 주실 수 있겠습니까?

─제 이상형은요……. 한국의 김현수 님이에요. 그분이라면 저의 모든 것을 드려도 아깝지 않을 것 같습니다.

─그렇군요. 알겠습니다. 기회가 닿으면 그분에게 꼭 전해드리도록 하겠습니다.

─호호! 저야 그래 주시면 고맙지요. 꼭 전해주세요. 기자님 덕분에 그분과 식사라도 할 수 있으면 나중에 뽀뽀 한 번 해줄게요. 호호호!

인터뷰 내용은 이외에도 많았지만 현수와 관련된 것은 이게 전부이다.

스크롤바를 내려 보니 다른 언론사와 인터뷰한 것들도 있다. 계속해서 이상형을 묻거나 사귀고 싶은 사람이 누구냐는 질문이 있는데 올리비아는 한결같이 김현수를 꼽았다.

하여 올리비아는 일편단심인 여자라는 뜻에서 '헌신'과 '몰두'를 뜻하는 Devotion의 이니셜을 써서 D―Girl, 또는 DG라는 애칭으로 불린다.

이는 고도의 계산된 홍보 전략이 만들어낸 이미지 크리에이션의 일환이다.

외국의 유부남을 흠모하기에 맺어질 확률이 없으니 인기가 하락하는 게 아니라 오히려 상승하게 만들었다.

현수의 좋은 이미지까지 등에 업은 결과이다.

"흐음! 그러니까 제임스라는 놈이 나를 좋아하는 여자를 제 마음대로 건드렸다는 거네. 그렇다면 그냥 둘 수 없지."

현수는 힐러리에게 이메일을 보내 unbie@darm.net 계정의 '내가 쓴 편지'를 읽어달라고 했다.

아이디는 같지만 비번은 변경되었다. eogksalsrnr에서 dltlfflvm0907로 바뀐 것이다. 보안을 위함이다.

첨부된 파일은 음성뿐만 아니라 영상도 포함된 AVI[15] 파일이다. 고화질이라 확대하면 얼굴의 땀구멍까지 볼 수 있다.

너무도 확실한 증거이기에 제임스 포레스탈과 에모리 스튜어드 등 유태계 각료들은 국가원수 암살 시도 및 추가 모의

---

15) AVI(Audio video interleaved) : 오디오와 비디오 정보가 하나의 비디오 파일 안에 포함되어 있는 것.

혐의를 결코 벗을 수 없을 것이다.

미국의 정가가 대통령 저격 사건으로 떠들썩하는 동안 대한민국의 주가는 큰 폭으로 하락했다.

*　　*　　*

"행장님! 지금 주가가 폭락하고 있습니다. 지시를 내려주십시오."

"그래요? 지금 코스피 지수가 얼마죠?"

"1,500선도 이미 무너진 상태입니다. 벌써 400 포인트 이상이 떨어졌습니다. 손실을 줄이려면 빨리 털어야 합니다."

증권팀장의 보고를 받은 이실리프 뱅크의 행장대리 김지윤은 잠시 눈을 감는다. 하나 그 시간은 길지 않았다.

"일단 상위 300개 종목에 대한 매수를 시작하세요. 우선은 하한까지 떨어진 것만 골라서 삽니다. 코스닥도 마찬가지예요. 모조리 사들이세요."

"네에? 매수를 하라구요? 매각이 아니구요?"

증권팀장의 눈이 커진다. 더 떨어질 확률이 매우 높은 상황이다. 보유하고 있던 주식을 모두 팔아 치운 뒤 최저가라 판단되는 시점에서 다시 사들이는 것이 정석이다.

힐러리의 사망은 확인될 때까지 최하 사흘은 걸릴 것이다.

어쩌면 더 늦어질지도 모른다. 미국이 세계 경제에 끼치는 영향력이 너무 큰 탓이다.

한국의 증시는 하루에 30%씩 오르거나 떨어질 수 있다. 힐러리가 죽는다면 계속 떨어질 것이다. 외국인 투자자들이 일제히 손을 뺄 것이 뻔한 때문이다.

불행히도 한국의 증시는 미국과 상당히 예민하게 반응한다. 미국에서 재채기를 하면 태풍이 분다는 말이 있다.

하여 개인은 물론이고 기관까지 무차별한 투매를 하고 있다. 그 결과 코스피와 코스닥 지수가 확연히 낮아지는 중이다. 그런데 사들이라고 하니 의아한 것이다.

증권팀장은 아직 서른도 안 된 아가씨가 내리는 명령이 이상했지만 따를 수밖에 없다. 지금껏 김지윤 행장대리가 틀린 판단을 내린 경우가 없었던 때문이다.

"알겠습니다. 명대로 코스피와 코스닥 상위 300개 기업에 대한 주식 매수를 시작하겠습니다."

증권팀장이 정중히 고개 숙인다.

"하한까지 떨어진 것 우선입니다. 그리고 다 사들이는 것은 아닙니다. 무슨 말인지는 아시죠?"

김지윤 행장대리는 지금껏 식량과 원유와 관련된 주식 매수는 가급적 하지 않도록 했다. 그렇기에 이실리프 뱅크는 이런 분야 이외에만 투자했다.

투자팀장이 물러나자 김지윤 행장대리는 회전의자를 빙글 돌려 창밖 풍경에 시선을 준다.

"회장님의 뜻대로 될 겁니다. 정말 대단하십니다."

김지윤은 힐러리가 총격을 받은 직후 현수로부터 전화를 받았다. 곧 주가가 큰 폭으로 떨어질 것이니 보유하고 있던 주식 전부를 매도하라고 했다. 그리고 정확히 세 시간이 지난 후 자금력을 총동원하여 전 종목 매수를 지시했다.

좋은 가격에 팔고, 낮은 가격에 되사라는 뜻이다.

2015년 6월 이후 1일 주가 등락폭은 ±30%로 바뀌었다.

100원 하던 주식이 단 하루만에 130원까지 가격이 치솟거나 70원으로 떨어질 수 있다는 뜻이다.

CHAPTER 11
모두 사들이세요

전능의 팔찌
THE OMNIPOTENT
BRACELET

이실리프 뱅크가 보유하고 있던 주식을 내놓자 외국인 투자자들이 얼씨구나 하며 모두 받아냈다. 국내 대기업의 지분 확보에 열을 올리던 중이었던 때문이다.

그런데 힐러리가 총격을 받았다는 소식이 전해졌다.

예상대로 한국의 증시는 패닉 상태로 접어들었다.

전 종목이 하한선인 30%까지 떨어지자 서킷 브레이커[16]가 걸렸다.

국민연금이나 교원연금, 공무원연금이나 군인연금 같은

---

16) 서킷 브레이커(Circuit breaker) : 일시적인 매매 중단 제도. 주가가 큰 폭으로 하락할 때 이를 완화시키기 위해 고안된 '시장 기능 중지 장치' 이다.

기관투자자는 자신들의 재산이 아니니 다소 초연한 모습을 보였지만 개인 투자자들은 피눈물을 흘릴 일이다.

1억이던 자산이 불과 몇 시간 만에 7,000만 원으로 줄어들었는데 어찌 마음이 편하겠는가!

이렇게 하루가 더 지나면 4,900만 원으로 줄고, 다음 날엔 3,430만 원이 된다. 그리고 그다음 날엔 1,029만 원의 순서로 쪼그라들게 된다.

이날마저 지나면 720만 원으로 바뀌게 된다.

개미 투자자 입장에선 보유하고 있던 재산이 10분의 1로 줄어드는 데 불과 닷새가 걸린다.

만일 융자를 받아 투자를 했다면 이런 꼴조차 볼 수 없다.

예를 들어, 홍길동이란 사람에게 정년퇴직하면서 받은 퇴직금 4억 원이 있었다.

친구의 추천을 받아 주식 투자를 해보니 재미가 쏠쏠했다.

투자 금액이 늘면 이익 또한 늘기에 홍길동은 증권사로부터 6억 원을 융자받아 주식을 샀다.

몇 달 동안은 10억 원에 상당하는 주식을 잘 운용하여 생활비를 벌어서 썼다. 그런데 느닷없는 사건이 벌어져 주가가 폭락했다. 전쟁 발발 혹은 경제 위기 등이다.

주가 총액이 증권사 융자금 6억 원의 130%인 7억 8,000만 원 미만이 되면 담보부족계좌가 된다.

이를 깡통계좌라 칭한다.

이럴 경우 증권사는 추가 담보를 요구하거나, 곧바로 주식을 처분해서 융자금을 회수해 버린다.

10억이던 주식의 가치가 7억으로 떨어지면 하루에 3억을 고스란히 손해 본다는 뜻이다. 총손실액이 40% 이상이 되면 단 한 푼도 못 건지게 된다.

평생 동안 직장 생활해서 받은 퇴직금이 사라지는 것이다.

아무튼 CNN 특보에 의하면 미국 대통령 힐러리 로댐 클린턴은 우측 폐와 좌측 심장에 총격을 입었다.

해군병원으로 이송되어 수술을 받고 있지만 소생 가능성은 제로에 수렴된다.

총을 두 방이나 맞았는데 어찌 멀쩡하겠는가! 한때 힐러리가 이미 사망했다는 유언비어가 번지기도 했다.

소문이 번지자 그 즉시 한국 증시의 거의 모든 종목이 하한선인 30%까지 떨어졌다. 극적인 반전이 없다면 내일도 모레도 계속 30%씩 떨어질 확률이 매우 높다.

이럴 경우 며칠 내로 100원 하던 주가가 10원 미만이 되는 불상사가 벌어질 것이다.

이런 상황임에도 김지윤 행장대리는 70%까지 떨어진 상위 300대 기업의 주식 전량 매수를 지시했다.

이는 개미 투자자들의 손실이 커지는 것을 막을 요량이다.

이것만으로도 개인들의 이실리프 그룹에 대한 존경심은 깊어질 것이다. 자신들이 입어야 할 손실을 이실리프 그룹이 대신 받아준 것이라 생각할 것이기 때문이다.

이것은 현수가 계획한 것이다.

주가가 70%로 떨어지는 시점에 주식을 매입하면 보다 저렴한 가격에 대한민국의 상위 기업 전부에 대한 장악력이 보다 확실해진다.

참고로, 국민은행의 외국인 지분은 78.3%이고, 신한금융은 70.2%, 하나금융은 71.1%에 달한다.

정부가 주인인 IBK기업은행도 외국인들의 사냥 목록에 포함되어 30%가 넘은 지 오래이다.

포스코, 삼성전자, 현대자동차, SK하이닉스 등 주요 대기업의 외국인 지분율도 50%를 넘은 상태이다. 이쯤 되면 국내에 본사가 있는 외국계 기업이라 해도 된다.

어쨌거나 증권팀장은 이실리프 뱅크가 보유한 자금을 총동원하여 주식 매수를 시작했다. 미국의 이실리프 트레이딩에서도 매입 작업을 진행했다.

그룹의 최종 목표는 상위 300대 기업의 주식 전체 매입이다. 이렇게 하면 악의적 M&A로 경영권을 위협받거나 외국인에 의해 놀아나는 것이 원천 차단된다.

그리고 지금처럼 외부 요인으로 인해 주가가 큰 폭으로 출렁거려도 손실이 없다.

2018년 현재 대기업 사내보유금은 무려 710조 원이나 된다. 청년 실업 문제가 사회적 관심사인데 기업들은 이기주의의 극치를 보이고 있는 것이다.

하여 주식 매집이 끝나는 즉시 쌓아놓은 사내유보금으로 채무를 모두 상환할 것이다. 이실리프 그룹사는 무차입 경영이 기본 방침인 때문이다.

50% 이상의 주식을 보유하여 경영권이 확보되면 가장 먼저 비도덕적인 기존 경영진에게 철퇴를 가하도록 했다.

이들은 단순히 대표이사 등의 자리에서 물러나는 것으로 끝나지 않는다. 그 자리에 있는 동안 벌어졌던 모든 불상사에 대한 책임 추궁이 이어질 것이다.

배임과 횡령 등이 있을 수 있다.

이 밖에 임직원들을 함부로 잘랐다면 그에 대한 법률적 책임까지 물을 것이다. 형사책임은 물론이고, 민사배상까지 철저히 실시될 예정이다. 지나친 갑질로 남들을 고통스럽게 했다면 거의 같은 수준의 보복을 받게 될 것이다.

이실리프 그룹에 고용된 변호사들의 면면이 워낙 쟁쟁하기에 웬만한 검사나 판사는 기에 눌려 제대로 된 구형과 판결을 내릴 수밖에 없을 것이다.

만일 법리적이지 않은 구형과 판결을 내릴 경우 해당 검사와 판사의 법복을 벗기는 것은 물론이고, 그에 대한 처절한 책임을 추궁당할 것이다.

이실리프 그룹은 이미 그러고도 남을 만큼 커다란 기업으로 자리매김한 때문이다.

굳이 예를 들자면 2015년의 삼성그룹보다 10,000배 이상 강력한 기업 집단이다. 따라서 검사 또는 판사의 법복을 벗기는 일은 손바닥 뒤집는 것보다 쉽다.

물론 털어서 먼지가 안 나면 방법이 없다.

다시 말해 조금이라도 흠집이 있으면 그것을 끝까지 물고 늘어져 결국엔 모든 공직에서 물러나게 함은 물론이고, 사회적 지위까지 완벽하게 잃게 만들 수 있다.

당연히 배상 책임이 뒤 따른다.

털어서 먼지 난 자들은 하루아침에 노숙자가 되어 길거리를 떠돌거나, 수형자[17]가 되어 감옥에 머물게 될 것이다.

이실리프 그룹은 강력한 법령을 제정할 수도 있다.

홍진표 의원 등 정치 개혁을 부르짖는 국회의원들을 조금만 밀어주면 가능한 일이다.

전직 판사 혹은 검사, 나아가 경찰이었던 자들은 더욱 엄격한 잣대를 적용받게 하는 것이 그중 일부이다.

대한민국의 판사는 임용될 때 다음과 같은 선서를 한다.

---

17) 수형자(受刑者) : 죄인으로 형벌을 받고 있는 사람.

본인은 법관으로서 헌법과 법률에 의하여 양심에 따라 공정하게 심판하고, 법관 윤리 강령을 준수하며, 국민에게 봉사하는 마음가짐으로 직무를 성실히 수행할 것을 선서합니다.

기소 권력을 독점한 검사는 다음과 같은 선서를 한다.

나는 이 순간 국가와 국민의 부름을 받고 영광스러운 대한민국 검사의 직에 나섭니다.

공익의 대표자로서 정의와 인권을 바로 세우고, 범죄로부터 내 이웃과 공동체를 지키라는 막중한 사명을 부여받은 것입니다.

나는 불의의 어둠을 걷어내는 용기 있는 검사, 힘없고 소외된 사람들을 돌보는 따뜻한 검사, 오로지 진실만을 따라가는 공평한 검사, 스스로에게 더 엄격한 바른 검사로서 처음부터 끝까지 혼신의 힘을 다해 국민을 섬기고 국가에 봉사할 것을 나의 명예를 걸고 굳게 다짐합니다.

판사나 검사 모두 대단히 정의로운 뜻을 가진 선서를 한다. 그런데 누구나 이를 준수한다고 장담할 수 없다.

일부 권력지향형 또는 뇌물 판사 및 검사는 정치인이나 정권 실세의 눈치를 살피고, 그들의 입맛에 맞는 양형과 판결을 하고 있다.

특히 정권의 입맛에 맞지 않는 자에겐 죄가 없어도 억지로 만들어서 기소하고 판결한다.

고문 경관이 그래서 있는 것이다.

그리고 대한민국의 사법부가 국민들로부터 신뢰를 잃은 근본 원인이 바로 이것이다.

사법부는 세상의 정의를 지키기 위해 만들어진 기관이다.

그런데 본연의 임무를 수행하지 못하면 해체하거나, 일벌 백계를 가해 같은 일이 일어나지 않도록 해야 한다.

검사나 판사가 그릇된 판단을 하게 되면 일반인에 비해 2배는 강한 처벌을 가함이 마땅하다.

그래야 양심에 따른 구형과 판결이 내려지기 때문이다.

이번 국민투표가 끝나면 대한민국의 헌법은 바뀌게 된다. 다음은 그중 일부이다.

재심을 통해 검사나 판사가 잘못된 구형 혹은 판결을 한 것이 확인되면 두 배의 형량을 본인들에게 가한다.

이에 대한 공소권은 100년간 유효하다.

예를 들어, 아무런 죄도 없는 A라는 사람이 기소되었는데 검사는 제대로 된 수사 없이 징역 20년을 구형하고, 판사는 성의 없이 기록을 검토하여 15년을 판결하는 사건이 있다.

검사와 판사가 아무런 청탁이 없었음에도 이 같은 구형과 판결을 하였다면 동일한 형을 각각 살게 한다.

검사 20년, 판사 15년 징역형이다. 물론 감형과 가석방, 그리고 사면은 없다.

만일 권력에 연루되었거나, 돈을 받아 이 같은 결과를 야기시켰다면 가중처벌된다.

검사는 파면과 동시에 감형과 가석방 없는 징역 40년 형에 처하고, 판사 또한 파면과 동시에 감형과 가석방 없는 30년 형에 처한다. 형량은 두 배로 늘었으며 사면은 없다.

뿐만이 아니다. A가 수형 생활하는 동안 벌어들일 수 있었던 금액의 두 배를 자신들의 재산을 처분하여 보상한다.

A가 편의점 알바 등으로 월 100만 원을 벌었고, 10년간 감옥에 갇혀 있었다면 다음과 같은 보상을 한다.

100만 원 x 12개월 x 10년 x 2배 = 2억 4,000만 원

그릇된 구형과 판결을 내린 검사와 판사는 각각 2억 4,000만 원씩을 A에게 보상해야 한다. 각각이다.

200만 원씩 벌던 사람이라면 각각 4억 8,000만 원을, 500만 원이었다면 12억 원씩을 배상해야 한다.

이런 처벌이 너무 과하다는 의견이 있을 수 있다.

그런 사람에겐 죄 없이 10년간 감옥에 갇혀서 살아보라는 말을 하면 '그렇구나' 하는 표정이 되어 물러설 것이다.

남자인 경우 10년 내내 휴가 없는 이등병으로 복무해 보라는 말이 더욱 확실하게 마음에 와 닿을 것이다.

대법관의 경우는 더욱 엄격하게 다스려진다.

그릇된 판결을 내릴 경우 그의 10배에 달하는 형을 살게 하고, 억울한 수형으로 인한 손해 금액의 10배를 배상토록 한다.

예를 들어, 야당 정치인 B씨가 100만 원 벌금형에 처해져 의원직을 상실하는 경우를 따져 본다.

물론 억울한 경우이다.

2018년 현재 국회의원의 임기는 4년이고, 연봉은 1억 4,320만 원이다.

3심에서 조작된 증거, 편파적 수사, 그리고 정치적 판결에 의해 의원직을 상실할 경우 다음과 같이 계산한다.

4년 × 10배 = 감형과 가석방 없는 40년 징역형
1억 4,320만 원 × 4년 × 10배 = 57억 2,800만 원

대법관 본인의 재산을 물론이고 배우자와 자식에게 물려

준 재산까지 모두 압류하여 보상금을 지불토록 한다.

돈이 부족하면 본인의 연금 전액을 몰수하여 지급한다.

이 정도 금액이면 웬만한 부자라도 휘청거릴 것이다.

1심과 2심을 거쳐야 3심이 이루어지니 1심과 2심에서 무죄 판결이 아닌 경우 검사와 판사는 각각 8년 징역형과 손해액의 2배인 11억 4,560만 원씩을 물어내게 된다.

혹자는 사법부의 기를 꺾으려는 과도한 처벌이라는 표현을 할 것이다. 하나 공정한 심사에 의한 구형과 판결이라면 아무런 손해가 없으며, 그렇게 생각한다면 판사 및 검사를 지원하지 않으면 된다.

대한민국은 건국 이후 권력에 빌붙어 사는 검사들 때문에 오염되었다. 이번 기회에 확실한 물갈이가 필요하다.

그래야 떡찰, 혹은 견찰이라는 오명을 벗을 것이다.

판사도 마찬가지이다. 공정하지 못한 판결을 내린 자들이 많아서 국민들의 신뢰를 잃었다.

무전유죄, 유전무죄라는 말이 있는 것만으로도 판사들은 유죄이다. 같은 죄를 지어도 부자는 집행유예이고, 가난한 자는 법정 구속시키는 일이 비일비재했다.

이 같은 잘못을 바로잡지 않으면 언젠가는 준엄한 심판을 받게 될 것이다. 그리고 이 같이 잘못된 것을 내버려 두면 국민들의 도덕적 해이를 유발할 수 있다.

그러니 일반인보다 훨씬 엄격한 잣대를 들이밀어야 한다. 이게 싫으면 사표를 내라 하면 된다.

검사와 판사가 되고 싶은 사람들이 널려 있는 때문이다.

어쨌거나 결재 서류들을 뒤적이던 김지윤 행장대리는 인터폰으로 증권팀장을 호출했다.

"네! 증권팀장 허일수입니다."

"행장대리예요. 현재 이실리프 그룹이 보유하고 있는 국내 주식 보유 지분 현황을 보고해 주세요."

"잠시만요."

증권팀장은 잠시 팀을 두었다가 숫자를 말하기 시작한다.

"현대모비스 59.6%, SK텔레콤 50.9%, 삼성전자 51.5%, 현대자동차 56.3%, SK하이닉스 60.5%, 한국전력 61.2%, POSCO 57.1%……."

허일수의 보고는 매우 길었다.

보고된 수치는 이실리프 뱅크뿐만이 아니라 이실리프 트레이딩이 보유하고 있는 것이 포함된 것이다.

국내 주식은 트레이딩이 뱅크보다 10배 정도 많이 보유하고 있다. 운용하는 자금이 월등히 크니 당연한 일이다.

힐러리 총격 소식이 전해진 직후 거의 모든 종목의 주가가 단숨에 하한선인 —30%를 향해 달려가고 있다.

패닉 상태에 빠진 연기금과 기관, 그리고 일반 투자자와 외국인 투자자들이 일제히 투매에 나선 결과이다.

이실리프 뱅크와 이실리프 트레이딩은 1일 등락 하한선까지 내려간 것 우선으로 모조리 받아내는 상황이다.

"증시가 마감되기 전까지 국내 상장사 지분율이 상당히 올라갈 수 있을 것으로 전망됩니다. 행장대리님!"

"수고하셨네요. 계속해서 매입하세요."

미국의 이실리프 트레이딩 빌딩 증권팀도 숨 돌릴 틈이 없을 정도로 바쁘다.

대통령 유고 상황이 보도되자 대부분의 종목이 하한까지 뚝 떨어졌다. 가장 먼저 개인 투자자들이 손절매에 나섰다.

힐러리 사망 소식이 전해지면 더 떨어질 것이 분명한 때문이다. 곧이어 기관과 각종 연기금에서도 투매에 나섰다.

반등은 기대조차 할 수 없을 정도로 매도 일변도이다. 누군가의 말처럼 묻지도 따지지도 않고 무조건 내다 판다.

이실리프 트레이딩은 영국, 프랑스, 독일 등의 보유 주식을 파는 대신 미국의 주식을 무제한 받아내기 시작했다.

"에머슨! 상황은 어때?"

"이건 뭐 땅 짚고 헤엄치는 것이나 다름없네."

이실리프 트레이딩을 제외하곤 거의 모두 팔자이니 나오는 것을 받기만 하면 된다.

물론 하루에 떨어질 수 있는 −20%까지 내려온 것들 우선이다. 하여 이실리프 트레이딩의 부사장 겸 수석 애널리스트인 에머슨의 입가엔 미소가 가득하다.

　지금 사들이고 있는 주식은 며칠 이내에 원래의 가격으로 되돌아갈 것이다.

　뉴욕 증시의 경우, 상당한 종목이 100원에서 80원으로 내려와 있다. 무려 20%나 떨어진 가격이다.

　내일이나 모레면 다시 100원으로 오를 것이다. 그럼 수익률이 +25%나 된다.

　한국은 더하다.

　100원짜리 주식이 70원에 거래된다. 하루에 30%까지 오르거나 내려갈 수 있기 때문이다. 이게 다시 100원으로 올라가면 수익률이 무려 +42.85%나 된다.

　미국과 한국의 증시는 규모에 차이가 있어 최종 수익률은 약 +30%가 될 것이다. 이는 동원된 자금이 며칠 만에 1.3배로 늘어남을 의미한다.

　에머슨은 연말에 있을 성과급 액수가 어마어마할 것이라 기분이 매우 좋다.

　"에머슨! 뭐가 그렇게 기분이 좋아?"

　"우리 회사가 나날이 커지는데 안 좋은가? 하하! 진짜 인생은 살 만해."

"그래! 브루클린 브릿지에서 있었던 LOL이 기억나는군."

"아! The league of loser? 그래, 우리도 한때는 루저였지. 골드만삭스에서 잘렸을 때 말이야. 그런데 지금은 이래. 이쯤 되면 우리는 성공한 거지?"

"후후후, 성공? 이 친구야! 자네와 난 월가 최고 연봉을 받고 있어. 그런데 이쯤 되면 성공? 욕심도 많아."

윌슨은 농담도 정도가 있지 않느냐는 표정이다.

"쩝, 그렇지? 아무튼 기분 좋다. 우리 회사가 정말 잘돼서. 김현수 회장님은 미다스의 손을 가진 게 분명해."

"맞아! 대단하신 분이지. 그분의 눈에 뜨인 게 우리 행복의 시작이었네. 참 애슐리와는 어떻게 하기로 했어?"

애슐리는 에머슨이 골드만삭스에서 해고되었을 때 가차 없이 아이들을 데리고 떠났던 전처(前妻)이다.

그리곤 소식 한 장 없었다.

그러다 에머슨이 어마어마한 연봉을 받는 자리에 있다는 걸 알게 된 애슐리는 재결합하겠다며 찾아왔다.

이에 에머슨은 냉소만 터뜨렸을 뿐이다.

뉴욕엔 돈 많은 남자 중년인이 즐길 거리가 널려 있다. 그런데 다시 예전의 생활로 돌아갈 이유가 뭐가 있겠는가!

애슐리는 이혼 후 여러 남자를 만나면서 간을 봤다. 게다가 돈만 아는 무개념한 여성이다.

여러 놈과 놀아난 데다 속물근성까지 가졌음이 파악된 마당에 받아들일 이유가 뭐가 있겠는가!

"미쳤어? 애슐리보다 좋은 여자가 널렸는데."

"그치? 이제 와서 이런 말을 하는 건 조금 그렇지만 애슐리는 자네에게 안 어울렸어. 조금 천박하다 할까? 상류사회에 발 들여놓을 자격이 미달이라 생각해."

"동의해! 자네가 애슐리를 다시 볼 일은 아마 없을 것이네. 그나저나 주문한 것은 어때? 마음에 들어?"

윌슨을 크게 고개를 끄덕인다.

지난해 연말에 받았던 성과급으로 무엇을 할까 하다 로키산맥 인근에 별장 한 채를 사들였다. 약 2만 5,000평짜리 목장이 딸려 있는 것이다.

공기 맑고 경관 뛰어난 곳이지만 딱 하나 불편한 것이 있다. 그곳에 다녀오려면 시간이 만만치 않게 걸린다는 것이다. 하여 자가용 제트기 하나를 주문했다.

4,000만 달러짜리 제트기 '봄바디어 챌린저 850'이다.

19명까지 탑승 가능한 이것은 거실과 주방, 침실과 욕실 2개까지 갖추고 있다.

이것이 있기에 매주 금요일 오후에 출발하였다가 월요일 아침에 되돌아오고 있다. 제트기에 탑승할 때마다 윌슨은 자신이 인생의 황금기를 보내고 있다는 생각을 한다.

모든 것이 만족스럽고, 원하는 일은 거의 모두 이루어지니 당연한 생각일 것이다.

"자네의 것도 괜찮지 않나?"

바다를 좋아하는 에머슨은 요트를 샀다.

영화 스카이폴에서 '키메라' 라는 이름으로 잘 알려진 '레지나' 는 약 56m 길이의 스쿠너[18] 형태의 요트이다.

7명의 선원을 포함하여 최대 12명이 잘 수 있는 6개의 선실을 갖추고 있다. 가격은 1,280만 달러였다.

"내 것도 물론 좋지! 언제 한번 같이 바람이나 쐬지."

"좋네! 대신 자네도 로키산맥의 신선한 공기를 경험하는 건 어때?"

"나야 좋지. 후후후! 그나저나 이러고 노닥거리지 말고 한번 더 챙겨 보자구. 올해도 연말 성과급이 짱짱하겠지?"

"물론이네. 난 이번에도 성과급의 절반을 이실리프 자선재단에 내놓을 생각이네. 자네는?"

"개구리가 올챙이 시절을 잊으면 안 되지. 나도 절반은 기부할 생각이었네."

윌슨과 에머슨 등 이실리프 트레이딩 직원들은 매년 자선재단에 상당한 액수를 기부하고 있다.

그 결과 뉴욕 외곽에 자리 잡은 '워릭' 엔 대단위 아파트단

18) 스쿠너(Schooner) : 소형 범선의 대표적인 것으로, 2개의 마스트를 갖춘 범선.

지가 조성되어 있다. 1,000세대로 계획되었으나 현재는 약 5,000세대로 규모가 늘어난 이 아파트 단지엔 주로 어린이 노숙자들이 들어와서 산다.

인근에 학교도 지어져 있어 초등과 중등과정을 배우고 있다. 어린이 노숙자들은 깨끗하고 안전한 주거 환경 속에서 마음껏 공부하며 성장하는 중이다.

이들은 공부 이외에 각종 소문을 취합하여 보고하는 일종의 정보길드 역할을 하고 있다. 하여 이실리프 트레이딩에선 이들에게 매달 일정한 금액을 지불한다.

이렇게 지불된 '정보 수집비'는 어린이 노숙자들이 자립할 때 사용할 기초 자금으로 적립되는 중이다.

식료품은 물론이고 전기와 수도, 가스와 통신까지 모두 이실리프 자선재단에서 부담하기에 돈 쓸 일이 없어서이다.

"올해도 규모를 늘려야겠지?"

"그래! 1,000세대 정도 더 늘릴 수 있을 거라고 하더군."

뉴욕엔 약 6만 명의 노숙자가 있고, 이중 2만 5,000명이 어린이 노숙자이다.

이실리프 자선재단의 목표는 이들 전부에게 도움의 손길을 베푸는 것이다. 하여 매년 1,000세대씩 늘리는 것을 1차 목표로 삼고 있다.

참고로, 이실리프 자선재단은 이실리프 트레이딩 임직원

들의 기부금만으로 운용되는 중이다.

현재 이실리프 트레이딩의 직원 수는 72명이다.

이들만의 힘으로 5,000세대짜리 아파트 단지가 통째로 운영되고 있는 셈이다.

윌슨과 에머슨이 시황을 들여다보고 있을 때 누군가 소리친다.

"보스! 방금 CNN에 속보가 떴습니다."

모두의 시선이 벽에 걸린 대형 TV에 시선을 준다. 화면엔 대통령 비서실장 마거릿 윌리엄스의 얼굴이 나와 있다.

"불의의 총격을 받아 해군병원에서 이송되었던 힐러리 로댐 클린턴 대통령님께서 완전히 회복하였음을 발표합니다."

"에에? 그게 무슨 말씀이십니까? 두 발이나 총격을 당했는데 어떻게 반나절 만에 완전히 회복된다는 말씀이십니까?"

"맞습니다. 총에 맞았는데 어떻게 그럽니까?"

기자들의 반문에 모두가 고개를 끄덕인다.

수술을 받았는데 경과가 좋다거나, 회복 중에 있다는 발표라면 시비 걸 일이 없다. 그런데 방금 전 완전히 회복되었다는 표현을 했다. 상식적으로 있을 수 없는 일이다.

"혹시 총에 맞았다는 것이 루머였습니까?"

"그건 아닙니다. 대통령님은 우측 폐가 관통되었고, 심장 바로 옆에 총상을 입었습니다. 그런데 현재는 이전과 다름없이 정상적으로 운신할 수 있을 정도가 되었습니다."

"워싱턴 포스트의 로렌조 가필드 기자입니다. 방금 한 말에 대한 자세한 해명을 부탁드립니다."

기자의 시선을 받은 마거릿은 다시 마이크에 입을 댄다.

"이실리프 그룹에서 제공한 미라힐X라는 의약품이 있었기에 대통령님은 총상으로부터 완전한 회복을 하였습니다."

"이실리프 그룹의 미라힐X라는 건 대체 뭡니까?"

"그건……."

잠시 마거릿의 설명이 이어졌다.

기적의 신약, 일명 '엘릭서'라 불리는 것이 있었기에 목숨을 건졌다는 것을 발표한 것이다.

마거릿의 기자회견이 끝난 후 미라힐에 관한 뉴스가 넘쳐나기 시작했다.

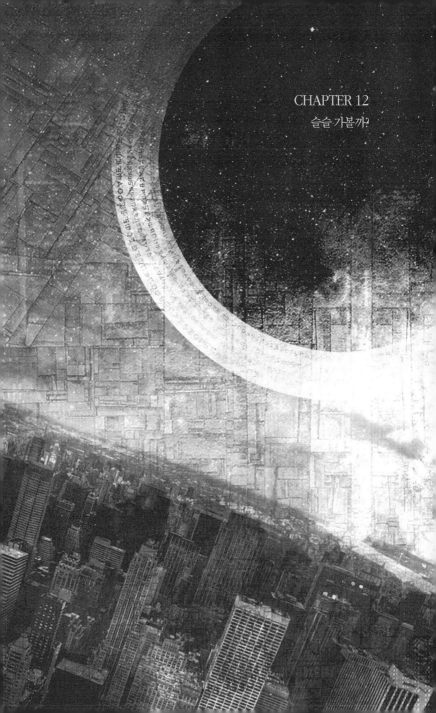

CHAPTER 12
슬슬 가볼까?

온두라스 대통령의 부친과 콩고민주공화국 내무장관의 막내아들이 미라힐 덕분에 멀쩡해진 것이 필두이다.

미라힐 시리즈를 만들어낸 현수가 에티오피아 코리안 빌리지와 러시아 까마귀 마을에서 일으킨 기적에 관한 것들이 보도되기 시작한 것이다.

킨샤사에 말기 암조차 며칠 이내에 완치시키는 의료센터가 운영되고 있다는 소문이 번지자 항공사마다 예약 전화가 빗발친다.

이건 미국 안에서만 일어나는 현상이 아니다. CNN을 볼 수 있는 거의 모든 나라가 이러하다.

이실리프 의료센터만 가면 다 죽어가던 환자도 쌩쌩해진다는 증언이 이어지자 여기저기에서 짐을 싸고 있다.

세계 최대인 10,000병상짜리 의료센터 인근에는 정말 멋진 테마파크와 수목원이 있으며, 킨샤사 인근을 관광할 수 있다는 사실도 전해졌다.

그 결과 여행사들의 전화가 몸살을 앓기 시작했다.

항공사와 여행사들은 대박 조짐이 보이자 전 직원을 풀어 고객의 전화를 받는 중이다.

이러는 내내 현수의 이름은 전 세계 인터넷 검색어 1위에 올라 있었다. 이를 보고 입맛을 다시는 사내가 있다.

"끄응! 다 된 밥에 재를 뿌린 놈이군."

미국 내 유태계 인사들에게 막대한 영향력을 끼치는 록펠러 가문의 아서 록펠러이다.

제임스 포레스탈의 외삼촌인 아서는 화면에 나와 있는 현수의 얼굴을 보고 이맛살을 찌푸린다.

"이봐, 톰슨!"

"네, 마스터. 부르셨습니까?"

"나는 이자가 마음에 들지 않는다. 내 눈에 다시 뜨이는 일이 없도록 조치를 취해."

"그건… 네! 알겠습니다. 그렇게 지시하겠습니다."

톰슨이라 불린 록펠러가의 가신이 잠시 말을 끊은 이유는 현수에 대해 잘 알기 때문이다.

록펠러가는 미국 내에서 상당한 영향력을 발휘하고 있다.

이렇게 되기까지 상당히 많은 일이 있었는데 그중엔 눈엣 가시를 암살하는 것도 포함되어 있다.

이를 위해 특수 훈련된 전문 암살팀이 운용되고 있다.

문제는 이들을 동원해도 현수에게 위해를 가하는 게 쉽지 않다는 것이다. 저격을 하고 싶어도 그럴 여건이 갖춰지기 쉽지 않은 때문이다.

현수는 늘 동에 번쩍, 서에 번쩍한다.

어떤 때엔 어디에 있는지 소재 파악이 안 될 때도 있다. 최근엔 3년 이상 행적이 끊긴 일도 있었다.

한국이 아닌 자치령에 있는 동안엔 아예 접근조차 불가능하다. 자치령은 사전에 허가된 사람들만 드나들 수 있다. 따라서 암살팀은 자치령에 발을 들여놓을 수조차 없다.

현수가 한국에 머물 때에도 저격은 쉽지 않다.

양평 저택을 예로 들자면 러시아 스페츠나츠 출신 경호원들이 즐비하게 깔려 있다. 이 밖에 대한민국 육해공군의 경호팀이 늘 삼엄한 경계태세를 갖춘다.

이게 끝이 아니다.

국정원에서도 정예 요원이 파견되어 경호하고 있고, 이실리프 경호의 경호원들도 따른다. 게다가 상당수의 레드 마피아 조직원들도 물샐틈없이 경호하고 있다.

현수가 움직이면 약 200여 명의 경호원이 같이 움직이고 있다고 보면 된다.

지나에서 파견한 초특급 킬러 '흑룡'은 한 번도 임무 완수를 못 한 적이 없지만 아직도 암살에 성공하지 못하고 있다.

톰슨이 이러한 사실을 알고 있는 것은 FRB 금괴 도난 사건이 일어난 후 현수에 대한 조사를 했던 때문이다.

금괴 도난과 현수가 모종의 관계가 있을 수도 있다는 의구심이 들어 실시한 조사였다. 결과는 무혐의이다.

어쨌거나 톰슨은 전문 암살팀에 지령을 내렸다.

12명의 킬러와 12명의 보조요원 전원으로 하여금 한국행 비행기를 타도록 한 것이다.

이들에게 내려진 명령은 현수 암살이다. 톰슨은 암살팀을 보내기는 하지만 성공 가능성을 낮게 보고 있다.

왠지 그럼 예감이 든 때문이다.

*   *   *

"흐음! 이제 되었나?"

현대미포조선소를 나서는 현수는 밀린 숙제를 한 기분이

다. 이제 각각 완편된 1개 항모전단과 붙어도 충분히 궤멸시킬 잠수함 5척이 완성된 것이나 다름없다.

조금 전에 완성시킨 이실리프함은 다른 것들과 달리 바다 속 풍경을 즐길 수 있는 장치가 설치되어 있다.

강력한 성능을 지닌 라이트가 곳곳에 장착되어 심해에서도 잠수함 외부의 광경에 대한 관찰이 가능하다.

빛줄기가 미치지 못하는 곳은 라이트 마법진으로 만들어진 빛이 보내지도록 만들었다.

원하는 거리만큼 떨어져 빛을 발하게 하는 것인데 한 번에 하급 마나석 하나가 소모되는 일이다.

마법이 구현되는 시간이 그리 길지 못하는 대신 아주 강력한 빛을 뿜어 반경 100m 정도는 충분히 감상할 수 있다.

이실리프급 5번함인 이실리프함은 현수와 가족들을 위한 유람용이지만 강력한 무장도 갖춘다.

초고속 스퀄 어뢰를 갖추고 있는데 현수와 이실리프 기술 연구소에서 다각적인 연구 끝에 러시아의 VA—111 쉬크발(Shkval)의 성능을 훌쩍 뛰어 넘는 것을 개발했다.

쉬크발보다 더 빠르고 더 강력한 화력을 품은 것이다.

이런 것을 100발이나 품고 다닌다.

7함대 주요 전력이 50~60척으로 구성되어 있음을 감안하면 혼자서 1개 함대 전체를 작살낼 능력을 지녔다.

소리 없이 다가가 엄청난 속도를 자랑하는 스퀼 어뢰를 쏘면 피할 수 있는 전함은 없을 것이다.

"카헤리온과 봉황도 잘 만들고 있겠지."

이실리프 우주항공을 필두로 이실리프 기술연구소까지 항공과 관련된 계열사들은 현수가 설계한 카헤리온과 봉황에 대한 검수를 마쳤다. 결론은 완전무결이다.

하여 즉시 제작을 지시했다. 지금쯤 하루라도 빨리 완성시키려는 노력을 기울이고 있을 것이다.

이것들만 모두 만들어지면 전 세계를 상대로 한 전쟁에서도 결코 패하진 않을 것이다.

은밀히 정순목 권한대행을 만났다.

욱일회와 유능한 일꾼들, 그리고 사회악 척결 등의 큰일을 했고, 한일전도 승리로 이끈 주역이다.

미국과의 관계도 확실하게 개선되었다.

그럼에도 차기 대통령으로 출마할 의사가 없다.

단기간에 일부에 집중된 문제는 해결했지만 국가 전반을 아우르는 통 큰 정치를 하기엔 스스로 부족하다 여기고 있는 때문이다.

현수는 에티오피아 아와사 자치령의 행정수반직을 제안했다. 물론 고사했다.

하여 한국처럼 까다로운 법률이 제정되어 있는 것도 아니고, 하는 일마다 색안경을 끼고 딴죽이나 거는 무리가 있는 것도 아니라며 설득했다.

그 결과 정순목은 운신의 폭이 제한되지 않은 상태에서 자치령 전반의 개발이 끝날 때까지 힘 좀 써달라는 현수의 제안을 상당히 호의적으로 받아들였다.

하여 차기 대통령이 선출되고, 업무 인수인계가 마쳐지면 그 즉시 떠나기로 약속된 상태이다.

차기 대통령으로 밀어줄 홍진표 전 의원도 만났다.

그의 곁에는 상당히 많은 인사가 있었다. 기존 정치에 오염되지 않은 깨끗한 인사들이다.

홍진표 전 의원이 이실리프 그룹의 전폭적인 지지를 받고 있음을 알기에 자연스레 모여든 것이다.

조만간 있을 국민투표에서 정해지는 것 중 하나는 국회의원 숫자가 50명으로 줄어드는 것이다.

현재의 6분의 1 수준이다. 가급적 권력기구의 숫자를 줄이는 것이 좋기 때문이다.

홍진표와 현수는 대한민국 정계의 물갈이를 의논했다.

박인재나 홍신표같이 썩어빠진 놈들이 국회의원이랍시고 거들먹거리는 꼴을 더 이상 볼 수 없어서이다.

현수는 구태 정치인들의 명단과 더불어 그들의 비리 사실들이 낱낱이 조사된 파일을 건넸다.

차기 총선에 출마하려 하면 곧바로 경찰과 검찰, 그리고 각 언론사에 뿌려질 것이다.

썩어빠진 정치인 전부의 완전한 사회적 매장을 유도하기 위함이다.

현수는 차기 총선이 이전과 완전히 다른 형태의 선거가 될 것임을 주지시켰다. 의원 1명당 각기 인구 100만 명의 뜻을 대표하는 헌법기관이 되는 일이다.

이전처럼 좁은 지역구의 표밭을 다져서 될 일이 아니니 새로운 체제에 맞춘 선거운동을 준비하라고 조언해 줬다.

홍진표 전 의원과는 몇 가지 더 의논을 했다.

그중 하나가 작은 정부 운용에 관한 것이다.

공무원이 받는 월급은 100% 국민들이 낸 세금으로 충당된다. 이런 공무원의 숫자가 줄어들면 줄수록 국민들이 부담해야 할 세액은 줄어든다.

국민이 낸 세금을 흔히 '혈세' 라고 표현한다.

피 혈(血)과 징수할 세(稅)의 문자 조합이다.

국민들이 낸 피 같은 돈은 가장 효율적으로 쓰여야 한다.

방만하게 운영되던 모든 것을 최적화시키고, 불합리하거나 과도한 지출을 없애거나 줄이는 노력이 있어야 한다.

중복되는 부문이 있으면 과감하게 통폐합함이 마땅하다.

어쨌거나 공무원은 국민들의 편의를 위해 존재한다.

그런데 일부 공무원들은 상전으로 받들어야 할 국민을 무시하거나 제집에서 부리던 노비 정도로 여기기도 한다.

막말하는 판사, 함부로 대하는 경찰 등이 있다. 이 밖에 민원을 담당하는 공무원 가운데 일부가 이러하다.

공무원이란 직에 대한 인식 자체가 잘못된 자들이니 과감하게 잘라내야 한다.

특히 국민이 부여한 권력을 이용하여 뇌물을 받아먹거나 부정을 저지르는 놈들은 모조리 참수형에 처해야 마땅하다.

인정하기 싫겠지만 대한민국의 공무원 가운데 일부는 무능하고, 부패했으며, 게으르다.

현수는 홍진표 전 의원에게 선거를 통해 정권을 잡으면 이런 자들은 모조리 잘라내라는 충고를 했다.

이에 홍진표 전 의원은 새로운 사람을 뽑아도 같은 현상이 반복될 수 있음을 이야기했다.

시험을 통해 공무원을 뽑을 때 적성과 인성, 그리고 지식과 업무 능력을 동시에 탐색할 수 없는 때문이다.

이에 현수는 남북한의 대치 상황이 해소되었으니 현재와 같이 60만 대군이 필요 없음을 주지시켰다.

이는 현재의 공무원들을 대신할 인원이 상당히 많으니 앞으로는 뽑지 말라는 뜻이다.

지금까지는 오로지 남성에게만 병역의 의무를 부과했다.

앞으로는 성평등을 주장하는 여성들의 뜻을 받아들여 남녀 모두에게 의무를 부과하길 권했다.

이렇게 하면 훨씬 많은 인원을 쓸 수 있게 된다.

현역으로 군복무를 하는 인원을 제외한 나머지 전부는 현재의 공무원들이 맡고 있는 임무를 주면 된다.

동사무소에서 주민등록등본 등을 발부하는 일은 고등학교를 졸업하지 않은 사람들도 할 수 있는 일이다. 독거노인을 돌보는 행위 역시 특별한 기술을 요하지 않는다.

관공서 주변을 청소하는 일도 마찬가지이고, 주차 위반을 단속하는 행위도 그러하다.

사용할 수 있는 인원이 늘어나므로 의무 복무기간은 18개월로 줄일 것을 권했다. 근속기간이 짧을수록 부정을 저지르거나 부패에 연루될 확률이 줄어들기 때문이다.

청년들 입장에선 군복무 대신 행정업무를 배우는 기회가 되니 취업에 도움이 될 수 있다.

새로 뽑지 않으면 공무원의 숫자는 자연스레 줄어든다.

정년퇴직자, 스스로 사표를 내는 자, 부정부패, 또는 범죄행위 등으로 파면되는 자들이 있을 것이기 때문이다.

인원이 줄면 공무원들의 급여를 일반 사기업 수준으로 인상하라고 했다. 대신 국가 재정에 큰 부담이 되고 있는 각종 연금 등을 개혁하는 방안을 고려해 보라고 하였다.

궁극적으로는 공무원연금, 군인연금, 교원연금 모두 국민연금과 통폐합되어야 한다. 공무원도, 군인도, 교사도 국민의 한 사람이니 차등 없이 공평해야 한다.

사법부 관행과 불합리한 법률에 관한 충고도 했다.

현재의 재판부는 집행유예를 남발하고 있다.

예를 들어, 어느 여성 목사가 신도로부터 3,000만 원을 빌려갔는데 이를 갚지 않았다.

재판 과정에서 이 여성 목사는 '사촌동생의 사업 자금 마련을 위해 돈을 빌렸을 뿐 채권에 대한 말은 하지 않았다'며 자신에게 죄가 없음을 주장했다. 그런데 이 여성 목사에겐 15회의 동종 범죄 전력이 있었다.

재판부는 사기혐의로 기소된 이 여성 목사에게 징역 10개월에 집행유예 2년과 40시간의 사회봉사를 명령했다.

참고로, 집행유예란 형을 선고함에 있어서 일정한 기간 형의 집행을 유예하고, 그 유예기간을 경과한 때에는 형의 선고는 효력을 잃게 되는 제도이다.

다시 말해 이 여성 목사는 사기혐의가 유죄라는 판결이 났음에도 불구하고 곧바로 풀려났다.

이미 15회나 같은 범죄를 저질렀음에도 풀어주는 것은 나가서 같은 범죄를 또 저질러 보라는 것이나 다름없다.

같은 죄를 또 지어도 집행유예로 풀려나 거리를 활보하게 될 것이기 때문이다. 이는 피해자들의 아픔은 전혀 고려하지 않은 잘못된 관행이다.

현수는 집행유예 제도를 엄격히 제한하여 죄를 지으면 반드시 처벌받는다는 걸 국민들이 인식하게 하라고 했다.

도덕적 해이를 의미하는 모럴 해저드(Moral hazard)가 광범위하게 번질 수 있음을 충고한 것이다.

대한민국의 헌법 중엔 최고형량이 제한된 것이 많다.

예를 들어, 저작권법을 위반하면 5년 이하의 징역, 또는 5,000만 원 이하의 벌금형에 처하도록 되어 있다.

하한선이 없으니 벌금 1원, 혹은 징역 1시간을 선고할 수도 있다. 피해액이 1조 원이 넘어도 5,000만 원의 벌금만 내면 곧바로 풀려날 수도 있다.

따라서 법률의 대대적인 손질이 필요하다.

저작권법을 위반했을 경우 저작권자의 피해 금액에 따른 형량 하한선이 정해져 있어야 한다.

그리고 벌금형은 가급적 없애야 한다.

벌금 1,000만 원을 선고해도 피해를 입은 저작권자에겐 단 한 푼의 돈도 가지 않기 때문이다.

따라서 국가가 너무 가난하여 범죄자로부터 벌금을 받아내야 간신히 운영될 정도가 아니라면 벌금형은 없애야 한다.

만일 반복하여 저작권법을 위반하는 자가 있다면 5년 이하의 징역으로 끝내선 안 된다.

따라서 현재의 법률과 반대로 하한선만 정하고, 상한선은 두지 않는 것이 맞다.

앞에 언급된 여성 목사는 전과 16범이나 마찬가지이다.

현행법상 사기죄의 처벌 형량은 10년 이하의 징역 또는 2,000만 원 이하의 벌금에 처해지도록 되어 있다.

법원에선 고작 징역 10개월을 선고했다. 이는 피해자들의 아픔과 억울함은 전혀 고려하지 않은 형량이다.

새로운 정부가 들어서게 되면 이런 경우 가석방이나 감형 없는 징역 160년 정도가 적당할 것이다. 아울러 빼돌린 재산까지 처분하여 피해자들에게 보상토록 해야 한다.

만일 피해를 보상해 줄 재산이 없다면 교도소 내에서 노역을 시키고, 그로 인해 발생된 수입 전부를 피해자들에게 배분케 해야 한다.

남에게 피해를 입히면 죽을 때까지 그것을 상환하기 위해 노력하게 하는 것이 정의를 바로 세우는 일인 때문이다.

공무원이 뇌물을 받은 경우엔 액수의 고하를 떠나 즉시 파면과 더불어 받은 뇌물로 받은 액수의 1,000배를 국고에 헌납토록 해야 한다.

이처럼 엄정해야 범죄가 줄어들게 된다.

작은 정부 운용 방안과 새로운 법제도 이외에도 여러 부문에 대한 의견을 주고받았다.

아직 홍진표가 대통령에 선출된 것도 아님에도 이런 이야기를 나눈 것은 그만큼 자신 있어서이다. 그리고 서로가 바쁜 사람이기에 언제 또 시간을 낼 수 있을까 싶어서이기도 하다.

어쨌거나 속 깊은 이야길 나누고 나니 밀린 숙제를 한 기분이라 후련함을 느낄 수 있어 좋았다.

홍진표 전 의원의 꿈은 '정의가 바로 서 있는 대한민국', '국민들이 마음 편히 살 수 있는 대한민국', '누구나 공평하다 느끼는 대한민국'을 만드는 것이다.

현수와의 대화 중 받아들일 것이 상당히 많았다. 하여 홍진표 전 의원은 아주 꼼꼼하게 메모했다.

"후우, 이제 이쪽의 일은 대강은 정리가 된 셈인가?"

현수는 지구에서의 할 일을 다시 한 번 생각해 보았다. 급선무는 전부 처리된 듯싶다.

그중엔 우간다와 케냐를 방문한 것도 포함된다.

가에탄 카구지가 전한 대로 자치령 제공에 대한 전제 조건은 천지약품의 진출이었다. 열악한 의료 분야에 제대로 된 틀을 잡아주길 원한 것이다.

현수는 아디스아바바에 있던 고강철과 킨샤사에 있던 정승준을 각각 우간다와 케냐 천지약품 사장으로 발령 냈다.

살인죄로 청송교도소에 수감되어 있다 현수 덕분에 신분을 회복한 고강철은 아내 이숙희 여사, 그리고 두 딸과 더불어 기꺼이 우간다로 향했다.

재일교포였던 김나윤과 결혼하여 아이를 낳고 알콩달콩 살고 있던 정승준은 그렇지 않아도 매일매일이 똑같아서 지루했는데 잘되었다며 반색했다.

현수는 더 이상의 발령은 없을 것이라 못을 박았다.

아이들이 성장하고 있기에 이제부터라도 안정된 삶을 살수 있도록 배려하는 차원이다.

현수는 협상하는 과정에서 조차지를 주면 200년간 이실리프 왕국의 영토에 편입될 것임을 분명히 했다.

이실리프 왕국의 영토는 콩고민주공화국과 에티오피아, 우간다, 케냐, 러시아, 몽골의 자치령과 북한 지역을 아우른다.

북한 지역은 제한이 없지만 러시아는 150년, 나머지 영토는 200년간 유지될 예정이다.

한 나라가 어찌 여러 곳에 영토를 가지며, 한시적인 영토라는 게 있을 수 있느냐는 반문에 영국을 예로 들었다.

영국이 홍콩을 100년간 지배한 후 지나에 반환했음을 들은 우간다와 케냐 대통령을 고개를 끄덕여 동의해 주었다.

조차지에 관한 조약이 체결된 직후 현수는 고강철과 정승준을 이실리프 왕국의 대사로 임명했다.

둘은 면책특권을 가진 외교관이 된 것이다.

케냐와 우간다 대통령은 자국 수도인 나이로비와 캄팔라 요지에 이실리프 왕국의 공관이 들어설 부지를 무상으로 제공하기로 했다.

가로 500m, 세로 800m이니 약 12만 평짜리 부지이다. 이곳에는 대사 가족을 위한 저택 이외에도 여러 건물이 지어진다. 공관도 있고, 대사관 직원들의 숙소도 있다.

아울러 천지약품 본사 건물도 들어설 예정이다.

공사는 당연히 천지건설이 맡는데 마감 공사는 특별히 유니콘 아일랜드 팀이 수행하게 될 것이다.

이실리프 왕국의 얼굴이 되는 건물이기 때문이다.

자치령의 중심 도시에도 같은 규모의 우간다와 케냐 공관이 지어지는데 이것 역시 천지건설이 맡기로 했다.

자연스럽게 천지건설이 우간다와 케냐까지 진출하게 된 것이다. 콩고민주공화국과 에티오피아에서 천지건설은 극찬을 받았다.

부실공사를 일삼던 지나의 건설사들과 확연히 달랐던 때문이다. 그 결과 양국 건설시장에서 지나 건설사들을 완전하게 밀어내게 된다.

현수는 두 개의 새로운 시장을 개척함으로서 천지건설 부회장으로서의 임무도 훌륭히 수행해 낸 것이다.

신형섭 회장과 이연서 총괄회장의 입은 더욱 크게 벌어졌다. 두 개의 이실리프 자치령 개발 공사뿐만 아니라 두 나라 개발공사 거의 전부를 수주한 셈인 때문이다.

이로서 천지건설은 2위와 확실하게 격차를 벌이는 세계 1위 건설사로 우뚝 서게 되었다.

"아! 참. 그걸 깜박했군."

아르센 대륙으로 차원이동하기 전 현수는 정부 홈페이지에 접속을 했다. 그리곤 이메일을 발송했다.

얼마 전, 정순목 권한대행은 윤치호 작사, 안익태 작곡인 애국가를 폐기한다고 발표했다. 그리고 새로운 국가를 만드는데 동참해 달라고 호소했다.

누구나 자신이 작사 또는 작곡한 것을 응모할 수 있다. 이때 응모 자격은 '대한민국 국적을 가진 사람'이다.

현수와 지현, 그리고 부모님과 장인, 장모 등은 모두 대한민국의 국적을 상실한 상태이다.

따라서 새로운 국가를 만드는 데 응모할 자격이 없다. 하여 걸그룹 다이안의 이름으로 새 국가에 응모했다.

현수가 응모한 곡은 아드리안 왕국에서 들었던 '이실리프 마탑주 찬가' 중 일부를 편곡한 것이다.

아주 장중하면서도 선율이 아름다운 이 곡의 메인 멜로디를 현대에 맞게 편곡했다. 이 과정에서 애초의 마탑주 찬가보다 훨씬 훌륭한 곡이 탄생되었다.

다음엔 가사를 붙였다. 아래가 그 내용이다.

≪대한국가(大韓國歌)≫
나 태어나 자란 이 땅, 한민족 삶의 터전!
환웅천왕 홍익인간 뜻을 받은 우리들이
살고 있는 이 옥토는 대한의 땅 금수강산.
이 땅의 정기 받아 태어난 우리들은
하늘님의 가호 아래 만세무궁 발전하니
평화로운 우리 민족 밝은 미래 펼쳐 있네.

걸그룹 다이안의 멤버는 서연, 예린, 정민, 연진, 세란이다.

현수는 작사, 작곡 모두 이들이 한 것으로 제출하였다. 국가를 만들었다는 영광을 주기 위함이다.

국가(國歌)도 저작권이 있지만 기꺼이 국가(國家)에 헌납할 것이다. 대신 초연(初演)의 영광은 영원할 것이다.

현수는 '대한국가'를 이실리프 왕국에서도 사용할 생각이다. 같은 민족이니 같은 국가를 쓰는 것도 나쁘지 않다.

그리고 외부에서 볼 때에도 이실리프 왕국과 대한민국은 떼려야 뗄 수 없는 사이라는 걸 인식케 할 것이다.

가사에 환웅천왕[19]을 넣은 이유는 한민족의 역사가 반만 년이 넘었음을 분명히 하기 위함이다.

백두산이나 한라산, 남산 같은 지명을 넣지 않은 이유는 국 토를 한정 짓지 않기 위함이다.

현수는 조만간 만주벌판 전체를 지나로부터 돌려받을 생 각이다. 나아가 이순신 장군의 첫 부임지였던 녹둔도(사할린) 도 러시아로부터 되찾는 것을 생각하고 있다.

만주를 되찾는 일은 그리 멀지 않은 미래의 일이어야 하고, 사할린 회복은 조금 더 시간을 두고 이루어질 것이다.

전폭적으로 밀어주고 있는 푸틴과의 관계 때문이다.

이처럼 조상들의 옛 땅 전부를 되찾을 생각이기에 지명을 하나도 넣지 않은 것이다.

이메일 발송이 성공리에 마쳐졌다는 메시지를 확인한 현 수는 아리아니를 불렀다.

아르센에서의 시간이 시작되어야 하는 때문이다.

"아리아니!"

"네! 오라버니."

기다렸다는 듯 대꾸하는 아리아니를 보며 현수는 웃어주 었다. 예전의 모습으로 어깨 위에 앉아 발장구를 치고 있었던

---

19) 환웅천왕(桓雄天王) : 환웅은 환인(桓因)의 아들로, 웅녀(熊女)와 합하여 단군 (檀君)을 낳은 단군의 아버지이며, 천왕은 천자(天子)의 칭호. 삼국유사(三國遺事) 에는 환웅(桓雄)·천왕(天王)·신웅(神雄) 등으로, 제왕운기(帝王韻紀)에는 웅 (雄)·단웅천왕(檀雄天王) 등으로 기록되어 있다.

때문이다.

"4대 정령 모두 불러들여."

"전부요?"

"아니! 아르센에 갈 존재들만."

4대 정령왕은 현재 상당히 많은 분체를 형성시킨 뒤 현수가 준 임무를 수행 중이다.

일본열도를 바다 속으로 가라앉히는 일만 하는 게 아니라 자치령의 농, 축산에 관련된 일들도 동시에 수행한다.

불의 정령왕 이프리트 같은 경우엔 Y—STAR에서 1억 도가 넘는 열을 다스리는 한편, 일본 열도 지각에 구멍을 뚫어 원전들을 지각판 아래에 넣는 일도 한다.

뿐만 아니라 화산 폭발을 가능한 크게 하기 위해 마그마의 온도를 끌어 올리는 작업도 동시에 수행하고 있다.

바람의 정령왕 세리프아는 화산 폭발로 인해 솟아오른 화산재와 쇄설물이 고스란히 일본 열도 위에 내려앉도록 편서풍을 조절하는 한편, 자치령의 기후가 농사짓기에 적합하도록 컨트롤 하고 있다.

물의 정령왕 엘레이아 역시 놀고 있는 것이 아니다. 자치령의 모든 농산물이 충분한 수분을 섭취할 수 있도록 조절하고 있으며, 수질오염이 되지 않도록 보살피고 있다.

동시에 후쿠시마 원전 사고로 방사능을 품게 된 바닷물들을 모으는 작업 중이다.

태평양 건너 미국의 서부 해안까지 번져 간 방사능 오염수를 되돌리는 일은 어마어마한 능력이 필요한 일이다.

정령왕이 아니었다면 불가능에 가깝지만 엘레이아는 기꺼운 마음으로 이일을 수행하고 있다.

지구의 모든 물을 관장하는 물의 정령이기 때문이다.

땅의 정령왕 노이아는 화산이 폭발할 때 가급적 많은 쇄설물이 뿜어지도록 조절하는 한편 분화를 마친 화산들이 주저앉도록 하고 있다.

이 과정에서 발생된 지진은 일본 열도를 충격과 공포 속에 빠트리고 있다.

당장에라도 열도 전체가 바다 속으로 가라앉을 것만 같은 느낌이 확연했던 때문이다.

"오라버니, 정령왕의 분체들이 맡고 있는 임무가 다양한데다 여기저기 널려 있어서 시간이 조금 걸릴 거예요."

"그래! 괜찮아."

고개를 끄덕인 현수는 아공간 속에 담긴 물건들을 점검했다. 이번에 차원이동을 하면 마인트 대륙을 평정해야 한다.

특히 흑마법사들이 뿔뿔이 흩어져 어딘가에 숨는 것을 막아야 한다.

이를 위해 나름대로 준비를 하긴 했지만 혹시 미흡할까 싶어 다시 한 번 살펴보는 것이다.

"뭐 이 정도면 충분하겠지."

9서클 마법을 능가할 10서클 마법은 만들어내지 못했다. 대신 흑마법사들을 제압할 방법은 충분히 강구된 상태이다.

CHAPTER 13
왕국 선포식

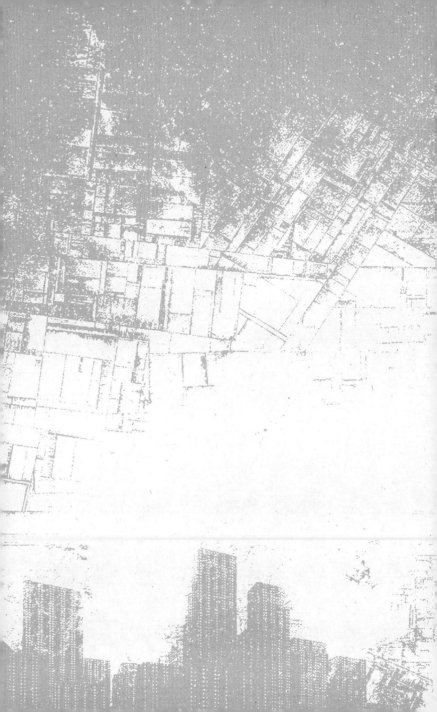

"휘유! 여기는 역시……."

바세른 산맥 기슭에 자리 잡은 이실리프 자치령으로 차원 이동한 현수는 감탄사를 터뜨렸다.

말로 표현하기 힘들 정도로 맑고, 신선한 공기 때문이다. 숨 쉬는 것만으로도 폐부가 청량해지는 느낌이다.

주변을 둘러보며 천천히 걸었다. 자치령 개발 공사는 끝물이다. 이제 1% 정도 남은 마무리 작업만 마치면 완공이다.

"빌모아 일족이 애를 썼군."

이실리프 왕국 창건에 한 힘을 보탰으니 그에 합당한 직책을 줘야 한다.

　남달리 손재주가 좋으니 지구로 치면 건설부 쪽 자리는 거의 모두 빌모아 일족의 차지가 될 듯싶다.

　"누구……? 아! 전하. 그, 근무 중 이상 없습니다."

　한옥단지 입구를 지키고 있던 위병이 얼른 창을 거둔다. 군기가 바짝 든 모습니다.

　"수고가 많다."

　"아닙니다. 당연한 일입니다."

　"스타이발 내무대신과 스멀던 외무대신, 그리고 가가린 군부대신과 하일라 궁내 시녀장은 안에 있나?"

　"네! 네 분 모두 입궁해 있습니다. 전하!"

　"그런가? 알았네."

　현수가 없는 동안 왕국의 대소사는 이들에 의해 자율적으로 결정되고 있다. 의견 조율은 정부청사라 할 수 있는 바실리에서 행해진다.

　하일라는 인간이 아닌 엘프이다. 그럼에도 이런 회합에 참석하는 이유는 여성 특유의 세심함이 있기 때문이다. 사내들이 놓칠 수 있는 부분을 집어주는 역할을 맡는다.

　"추웅! 국왕 전하를 알현하옵니다."

　"추우웅─! 그, 근무 중 이상 없습니다."

　바실리의 입구엔 두 병의 위병이 있었다. 그런데 걸치고 있는 의복이 눈에 익다.

홍(紅), 황(黃), 흑(黑), 백(白), 청(靑)색이 조화된 눈에 뜨이는 복장이다.

머리 위엔 검은 모자를 쓰고 있는데 황색과 적색 수실로 장식되어 있다.

허리에는 바스타드 소드가 달려 있고, 등에는 화살들이 가지런히 정렬되어 있다.

신고 있는 신발은 가죽으로 만든 검은색 부츠이다.

이런 복색은 하루에 두 번 실시되는 덕수궁 수문장 교대식에서 볼 수 있다.

'끄응! 너무 많은 참고를 했군.'

한옥단지 조성을 위해 덕수궁 등 고궁을 찍은 사진을 참고 자료로 줬는데 그중 수문장 교대식 장면을 보고 위병들에게 이런 복장을 갖추게 한 것이다.

'뭐 나쁘진 않군.'

헐렁한 튜닉보다는 몸에 맞춰진 한복이 훨씬 더 보기에 좋다. 고개를 끄덕인 현수는 천천히 걸어 바실리 내부로 들어섰다.

건물의 외관도 예술적이지만 내부 역시 화려했다. 벽과 기둥, 그리고 천정까지 장식되어 있다.

더 이상 손 볼 곳이 없을 정도로 완벽하다.

특히 벽마다 장식되어 있는 부조 등은 그냥 예술이다.

누구든 천재적인 솜씨라는 찬사가 저절로 쏟아져 나올 정도로 정교하고 아름답다.

군이 비교하자면 마인트 대륙에서 만났던 말라크의 그것과 우열을 가리기 힘들 정도이다.

현수가 생각하기에 멸망한 화티카 왕국의 후손인 말라크는 이 분야 최고의 예술성을 지닌 천재이다.

군이 지구인에 비교를 하자면 미켈란젤로나 레오나르도 다빈치급이다. 그런데 바실리의 벽에도 그에 못지않은 예술품들이 채워져 있다.

천정에도 멋진 그림들이 그려져 있다.

이실리프 마탑의 근본인 아드리안 멀린 드 나이젤의 일대기를 상상하여 그려놓은 것이다.

그중엔 미쳐 버린 드래곤을 사냥하는 것도 있다. 하늘에선 운석들이 떨어지고, 땅에선 용암이 솟구치고 있다.

색깔이 잘 입혀져 사실적으로 느껴질 정도이다.

사서에 이실리프 왕국의 개국시조로 기록될 하인스 멀린 킴 드 세울의 활약상도 멋진 모습으로 조각되어 있다.

알베제 마을에서 맹수 중의 맹수인 샤벨 타이거를 복종시키는 장면도 아주 잘 묘사되어 있다.

현수가 보기엔 약간 과장된 듯한 모습이지만 그래도 사실에 근거했기에 고개를 끄덕이며 미소 지었다.

본인이 주인공이라 남 보기에 남세스런 것을 빼면 아주 흡족한 예술품인 때문이다.

복도 입구에 있던 위병들은 현수를 보자마자 할버드를 바로 세우며 큰 소리로 외친다.

"추웅 서엉!"

"추웅 서엉! 근무 중 이상 없습니다."

복도 입구에서 터져 나온 구호를 들었는지 스타이발 내무 대신 등이 우르르 달려 나온다.

"신, 스타이발! 위대하신 전하를 알현하옵니다."

"신, 스멀던! 위대하신 존체를 뵈옵니다."

"숲의 일족 하일라 토틀레아가 세계수 잎의 주인이신 전하를 흠모의 마음으로 알현하옵니다."

모두가 한 무릎을 꿇으며 정중히 고개를 숙인다. 마음 깊은 곳으로부터 우러난 충성심이 느껴진다.

"모두 일어서라."

"추웅! 전하의 명을 받자옵니다."

모두가 한 목소리를 내며 자리에서 일어선다.

매일 보는 얼굴이 아니라 그런지 안위를 걱정하는 눈빛으로 현수의 위아래를 훑어본다.

"나는 괜찮다. 회의 중이었는가?"

"네! 전하, 이실리프 왕국의 개국을 준비하는 회의를 했사옵니다."

"아! 그런가? 얼마나 진행되었는가?"

"대륙의 모든 마법사를 통해 왕국과 제국, 그리고 공국에 이실리프 왕국이 개국됨을 알렸사옵니다."

본시 테리안 왕국의 후작이었던 외무대신 스멀딘의 보고에 카이엔 제국의 영광의 마탑주이자 후작이었던 내무대신 스타이발이 말을 잇는다.

"대륙의 7대 마탑 마법사들 전부가 동원된 일이옵니다."

"그런가?"

"네! 마탑주들뿐만 아니라 토틀레아 일족의 장로들이 총동원되어 텔레포트 마법진을 설치하는 중이옵니다."

인간과 엘프의 협력 작업이 진행되었음을 보고하는 말이다.

현수는 하일라에게 시선을 주었다.

"잡음은 없었나?"

"네, 전하! 왕국 선포에 관한한 저희 토틀레아 일족은 만사를 제쳐 두고 무조건 협력하는 것을 원칙으로 삼았사옵니다. 하여 일체의 잡음 없이 진행되고 있사옵니다."

하일라가 공손히 고개를 숙이자 스타이발이 다시 말을 받는다.

"라이세뮤리안 님의 자제들이신 라수스 마을의 드래고니

안분들도 협조를 아끼지 않으셨습니다."

"고마운 일이군."

말은 이렇게 했지만 드래고니안의 협조는 현수가 드래곤로드와 라세안에게 한 말이 있어서이다.

"하면 개국 선포는 언제가 좋겠는가?"

"그게 아직 결정되지 않은 일이 있사옵고, 조금 복잡한 문제도 있어서 저희가 결정할 수 없었습니다."

"그런가? 무엇이 결정되지 않은 것이지?"

"첫째는 전하의 의중이십니다. 언제가 좋을지 하명하지 않으셔서 저희 마음대로 날짜를 잡을 수 없었사옵니다."

"그런가? 그럼, 아드리안 공국에서 왕국으로 선포하는 일이 마쳐진 이후로 날짜를 잡게."

"네! 전하의 명대로 하겠사옵니다."

"좋아, 조금 복잡한 문제라는 건 뭐지?"

"지금껏 이실리프 군도의 대소사를 결정해 온 초대 총리 하리먼이 사의를 표한 것이옵니다."

"하리먼이 사의를 표해?"

무슨 뜻이냐는 말에 스타이발은 송구하다는 표정이다.

"네! 저희 때문인 듯하옵니다."

"자네들 때문에?"

스타이발 후작을 바라보는 현수의 눈에는 의혹이 빛이 가득하다. 전혀 짐작되지 않은 때문이다.

"아시다시피 하리먼은 5서클 마법사이옵니다."

"으음! 무슨 말인지 알겠네."

스타이발은 7서클이고 하리먼은 5서클이다. 마법사들의
세상에선 하늘과 땅만큼 어마어마한 차이이다.

스타이발이 내무대신을 맡았고, 하리먼은 총리대신을 맡
았다. 명칭은 다르지만 하는 일은 거의 같다.

마법수정구을 이용하여 스타이발과 하리먼은 자주 통신을
했고, 때에 따라선 텔레포트 마법진으로 오가기도 했다.

하리먼은 스스로 부족함을 깨닫고 사의를 표한 것이 분명
하다.

"자네 생각은 어떠한가?"

"하리먼은 그간 애를 많이 썼고, 일도 잘 처리했습니다."

스타이발은 잠시 말을 끊는다. 차마 뒷말을 잇고 싶지 않아
서이다. 하나 현수가 바라보고 있으니 다시 입을 연다.

"전하께선 두 개의 이실리프 왕국을 원하십니까? 아니면
하나 된 왕국을 바라십니까?"

머리 좋은 현수는 단숨에 저의를 파악했다.

"하나 된 왕국이 다스리기 편하겠지. 백성들도 그게 좋을
것이고."

"하리먼을 내무차관에 임명해 주십시오. 제가 잘 가르쳐서

제 후임이 되도록 하겠습니다."

"…그래, 그렇게 하세."

현수가 흔쾌히 고개를 끄덕여 주자 스타이발은 나직이 안도의 한숨을 쉰다. 현수가 본인의 뜻을 곡해하면 어쩌나 싶었던 것이다.

"전하! 이실리프 군도의 군부대신을 맡고 있는 로드젠 역시 사의를 표했사옵니다."

"…그래, 그도 가납하지. 로드젠 역시 군부차관에 임명하겠네. 그럼 되겠는가?"

"성은이 망극하옵니다. 전하!"

현수의 시선을 받은 가가린이 황급히 허리를 숙인다.

"잘 가르치게. 하리먼이나 로드젠 모두 고생이 심한 삶을 살았다는 것을 충분히 배려해 주고."

"물론입니다. 전하! 저희가 가진 능력을 십분 발휘하여 차기 대신이 되는데 조금도 부족함이 없도록 하겠사옵니다."

"하일라! 저쪽의 궁내 시녀장 라이사는 괜찮은 거지?"

"그럼요! 거기에도 궁이 다르니 시녀장은 당연히 별도로 있어야겠지요."

하일라는 크게 고개를 끄덕인다.

시녀장이 하는 일은 궁내의 시녀들을 총괄하는 것만 있는 것이 아니다. 식재료, 생활용품 등의 출납도 관장한다.

왕비 자리가 결정되면 왕의 밤일이 끝날 때까지 곁을 지키는 일도 한다. 하루라도 빨리 국본을 생산케 하고, 더 많은 왕자들이 태어나게 하는 것도 시녀장의 일이다.

이곳에서는 자신이 알아서 하겠지만 이실리프 군도에선 라이사가 알아서 할 일이다. 생각보다 일이 많은 자리인 때문이다. 그렇기에 흔쾌히 고개를 끄덕인 것이다.

"그럼 왕국 선포에 관한 이야기 좀 해보자고."

"네, 전하! 안으로 드시지요."

현수를 비롯한 일행은 잘 꾸며진 회의실 안에서 제법 오랜 시간 동안 회의를 거듭했다. 그러는 동안 마법수정구를 통한 통신으로 여럿과 대화를 나누었다.

*   *   *

"친애하는 내빈 여러분! 그리고, 이 자리를 빛내주기 위하여 먼 곳으로부터 어려운 발걸음을 해주신 귀빈 여러분!"

단상에 오른 현수가 말을 시작하자 일제히 시선을 모은다. 대륙 전체에서 가장 영향력이 강한 사람의 발언인 때문이다.

"아르센력 2859년 9월 21일인 오늘, 아드리안 공국과 카이엔 제국 사이의 인연의 사슬을 풀려고 합니다."

말을 마친 현수는 카이엔 제국의 황제에게 시선을 준다.

"카이엔 제국의 황제이신 알렉산드리아 폰 카이엔 님께 여쭙겠습니다. 아드리안 공국에 대한 지배권을 놓아주실 의향이 있으신지요?"

현수의 시선을 받은 제국의 황제는 고개를 끄덕인다.

"기꺼운 마음으로 아드리안 공국에 대한 영향력을 거둬들임을 대륙의 모든 황제와 국왕 앞에서 선포하는 바입니다."

황제의 대꾸가 끝나자 현수는 다시 만장한 내외 귀빈들을 둘러본 후 입을 연다.

"이제 아드리안 공국은 왕국이 되었습니다. 이실리프 마탑의 제2대 마탑주인 나는 아드리안 왕국이 주권을 가진 하나의 국가인 것을 인정하는 바입니다."

현수는 다시 말을 끊고 단상 아래를 바라본다.

내빈석 맨 앞줄엔 4개의 의자가 놓여 있는데 현재 모두 비어 있는 상태이다.

두 번째 줄엔 오늘의 주인공이 앉아 있다.

아드리안 왕국의 국왕 아민 멘데스 폰 아드리안과 그의 왕비들, 그리고 왕자와 공주들이다.

날이 날인 만큼 한껏 성장한 모습니다.

이들의 좌우엔 아드리안 왕국에서 문(文)의 최고봉인 로레알 파드린느 폰 아젤란 공작 부부와 무(武)의 중심인 필립스 아인테스 반 크리엘 공작부부가 배석해 있다.

바로 뒤엔 왕국의 귀족들이 앉아 있다.

공후백자남작의 순서로 부부 동반이다.

이들의 뒤에는 어른 허리 높이쯤 되는 화려한 꽃이 피어 있는 화단이 조성되어 있다.

내빈석과 귀빈석을 가르는 일종의 경계이다.

귀빈석의 맨 앞줄엔 아르센 대륙의 세 제국인 카이엔 제국, 라이서 제국, 그리고 크로완 제국의 황제와 황후들이 무리 지어 앉아 있다.

세 제국들 사이 사이엔 가이아 여신을 섬기는 교황과 성녀 스테이시 아르웬 및 다른 신을 모시는 교황과 성녀들이 끼어 앉아 있다.

카이엔 제국이 나머지 두 제국과 전쟁 중인 상태라 일종의 완충지대 역할을 맡은 것이다.

이들의 뒤쪽엔 미판테나 테리안 같은 왕국들의 국왕과 왕비들이 함께하고 있다. 이들 역시 예복 차림이다.

다음은 대륙 7대 마탑의 마탑주와 부탑주의 좌석이다.

이들 바로 뒤엔 또 하나의 화단이 조성되어 있다. 귀빈도 등급이 있음을 표시해 주는 일종의 경계이다.

이 화단 바로 다음엔 제국의 황자와 황녀들이 있고, 각 교단의 추기경급 사제들이 그 사이에 끼어 앉아 있다.

다음은 각 왕국의 왕자와 공주들의 좌석이다.

또 하나의 화단의 뒤쪽엔 각국 귀족과 마법사들이 무리지어 앉아 있다. 이들의 뒤에는 아드리안 왕국의 백성 등 일반인들이 자리 잡고 있다.

현수가 둘러보니 내빈과 외빈의 숫자가 약 2,000여 명이나 된다. 이들의 안전을 위해 아드리안 왕국은 10,000여 명의 기사와 병사들을 배치했다.

모두 드워프가 만든 무구로 완전무장한 상태이다.

이들을 바라보는 각국 기사와 병사들은 몹시 부러운 눈이다. 어마어마한 가치를 가진 드워프제 무구가 몹시 탐난 때문이다.

아무튼 만장한 내외귀빈에게 두루 시선을 준 현수가 다시 입을 연다.

"아드리안 왕국의 건국시조는 이실리프 마탑의 초대 마탑주이셨던 아드리안 멀린 반 나이젤 님이십니다."

위대한 마법사의 이름이 나오자 참석해 있던 모든 마법사들이 정중히 고개 숙여 예를 표한다.

"나는 2대 마탑주로서 스승님의 후손들의 국가인 아드리안 왕국의 발전을 지켜보고자 합니다."

이실리프 마탑이 보호할 것이니 건드리지 말라는 뜻이다.

또 잠시 말을 끊은 현수는 배석해 있는 내빈석 뒤쪽을 바라본다.

"영광의 마탑주 로만 커크랜드는 잠시 앞으로 나오게."

"네, 로드!"

티 한 점 없이 하얀 로브를 걸친 로만 커크랜드의 손에는 자신의 키보다 큰 스태프가 들려 있는데, 그 끝에는 오리알만 한 마나석이 진한 보랏빛을 내고 있다.

크기와 색깔로 미루어 짐작컨대 초특급 마나석이 박힌 스태프인 것이 분명하다.

모두의 시선을 받으며 자박자박 걸어 단상 아래로 향하는 로만 커클랜드를 바라보는 시선 가운데 몇몇은 의아하다는 눈빛이다.

자신의 키보다 큰 스태프는 7서클 이상인 마법사의 전유물이다. 로만 커클랜드는 고작 6서클이므로 이런 스태프를 가질 자격이 없다.

그럼에도 나서서 뭐라 하지는 않는다. 하늘보다도 높은 로드가 있는 자리이기 때문이다.

이때 현수의 엄숙한 음성이 장내에 울려 퍼진다.

"나는 이실리프 마탑의 제2대 마탑주로서 그대 로만 커크랜드를 이실리프 마탑 아드리안 분원의 원장으로 임명하는 바이다. 받아들이겠는가?"

아드리안 왕국을 이실리프 마탑이 수호하겠다는 뜻이나 다름없기에 황제와 국왕들은 크게 고개를 끄덕였다.

간이 배 밖으로 나오지 않는 이상 이제 아드리안 왕국을 넘보는 일은 없을 것이라는 뜻이다.

한편, 로만 커크랜드는 크게 허리를 숙이는가 싶더니 두 무릎을 꿇고 공손히 고개를 조아린다.

"로드께 과분한 은혜를 입어 8서클 마법사가 된 로만 커크랜드는 이실리프 마탑 아드리안 분원의 원장이 됨을 지극히 영광스럽게 생각합니다. 소인의 목숨이 다하는 날까지 절대 충성을 맹세하는 바입니다."

로만 커크랜드의 말이 끝남과 동시에 마법사들이 이구동성으로 외친다.

"8, 8서클……? 방금 8서클이라고 들은 게 맞나?"

"그, 그러게! 8서클이라니?"

"뭔 소리야? 로만 커크랜드가 어떻게 8서클이 돼? 7서클의 벽도 넘지 못해 절절맸는데."

지난 수백 년 동안 자신의 레어 안에 있던 멀린을 빼놓고 8서클에 이른 마법사는 없었다. 물론 현수는 예외이다.

그런데 6서클 유저로 정도로 알려져 있던 로만 커크랜드가 느닷없이 8서클이 되었다는 말을 했다.

대번에 장내가 술렁인다. 모든 마법사의 시선이 하얀 로브를 걸친 로만 커크랜드와 현수를 오간다.

"로만 카크랜드 원장! 로브의 모자를 벗도록!"

"네! 로드!"

현수의 명이 떨어지자 로만 커크랜드는 두 손으로 모자를 벗었다. 이 순간 모두의 입에서 감탄사가 터져 나온다.

"아아!"

"지, 진짜야! 바, 바디 체인지를 한 거라고."

로만은 7서클 마스터가 되는 순간 바디 체인지를 겪었다.

하여 겉보기엔 현수와 다를 바 없는 청년의 모습을 하고 있다. 금발이 아주 잘 어울리는 미남자의 얼굴이다.

"로만! 아드리안 분원을 잘 이끌어주길 바라네."

현수의 말이 떨어지기 무섭게 로만은 크게 고개를 조아렸다. 그런데 너무 과한 나머지 이마가 땅과 부딪치며 나직한 소리를 낸다.

쿵—!

"로드의 하명을 충심을 다해 이루도록 노력하겠습니다."

"로만 원장은 자리에서 일어나 8서클 마법사가 되었음을 검증하도록!"

"네, 로드!"

자리에서 일어선 로만은 단상 좌측 암석 지대를 향해 선다.

"헬 파이어!"

<u>고오오오오</u>—!

쿠와아아앙—! 화르르르르륵—!

반경 50m쯤 되는 불덩어리에 격중당한 바위들이 열을 견디지 못하고 쪼개지며 유리질을 내비친다.

"헉! 헤, 헬 파이어야. 8서클 마법!"

"세상에 맙소사! 진짜 8서클이야."

마법사들의 입에서 경악성이 터져 나온다. 8서클 마법사의 전유물 헬 파이어가 확실했던 때문이다.

"수고 했네. 이제 물러서게."

"네, 로드!"

로만 커크랜드는 다시 한 번 고개 숙이고 물러난다.

"다음으로 아드리안 왕국의 영원한 안녕을 기원하기 위해 특별히 참석한 존재들의 순서입니다. 레드 드래곤 라이세뮤리안 옥타누스 카로길라아지바랄과 골드 드래곤 제니스케리안 인터누스 지노타루이마덴은 현신하기 바랍니다."

꿰에에에에엑―! 꾸아아아아아아악―!

현수의 말이 떨어짐과 거의 동시에 좌우의 하늘에 엄청난 크기를 가진 드래곤들이 모습을 드러낸다.

커다란 날개를 펄럭이며 괴성을 지르자 내외빈 중 일부의 안색이 창백해진다. 말로만 들었을 뿐 한 번도 드래곤을 보지 못했는데 엄청난 덩치를 보고 경악한 때문이다.

꿰에에에에엑―! 꾸아아아아악―!

귀청을 뚫을 듯한 괴성을 다시 지르곤 둘 다 하늘 높이 솟구쳐 오른다. 다음 순간 레드 드래곤이 먼저 하강을 시작하여 약 100m 높이에 멈춘다.

"나! 라이세뮤리안 옥타누스 카로길라아지바랄은 내 삶이 끝나는 날까지 아드리안 왕국을 수호함을 선포한다."

라세안이 솟구치자 기다리고 있던 골드 드래곤 제니스케리안이 같은 위치로 하강한다.

"나! 제니스케리안 인터누스 지노타루이마덴 역시 아드리안 왕국을 수호할 것임을 맹세한다."

수호룡 선포를 마친 제니스케리안이 먼저 폴리모프하여 내빈석 맨 앞 의자에 착석하자 라세안 역시 인간의 모습이 되어 자리에 앉는다.

다음 순간 이들의 좌우로부터 여인 하나씩이 다가와 이들의 곁에 앉는다.

제니스케리안의 곁에 앉은 여인은 인간 최초로 드래곤의 제자가 된 케이트 에이런 판 포인테스이다.

라이세뮤리안의 곁에 앉은 여인은 라세안의 딸 다프네 옥타누스 폰 라수스이다. 둘 다 가히 경국지색이라 할 수 있을 정도로 천하절색인 미모와 몸매의 소유자이다.

장내의 인사들은 전혀 생각지도 못했던 수호령 선포에 얼이 빠진 모습이다.

둘 중 하나는 성질 사납기로 이름난 에이션트급 레드 드래곤이고 다른 하나는 드래곤 로드의 쌍둥이 동생이다.

　일반적인 드래곤과는 무게 자체가 다른 두 존재의 수호룡 선포는 아드리안 왕국이 적어도 수천 년 동안은 지극히 안전 하다는 것을 의미한다.

　한때나마 아드리안 공국을 넘봤던 미판테 왕국과 쿠르스 왕국, 그리고 엘라이 왕국의 국왕들은 놀란 가슴을 쓸어내 렸다.

　아드리안 왕국을 먹었다면 자신들이 가장 먼저 멸망당할 수 있었음을 깨달은 것이다.

　"이로써 왕국 선포식이 끝났습니다. 잠시 후, 왕궁에서 여 러 귀빈들을 접견하는 시간을 갖도록 하겠습니다. 아울러 오 늘 저녁에는 아드리안 왕국이 준비한 성대한 연회가 있겠습 니다. 내외빈 여러분, 모두가 기꺼운 마음으로 즐겨주시기 바 랍니다."

　아드리안 왕국의 로레알 파드린느 폰 아젤란 공작의 선언 이 끝나자 내빈석에선 환호가 터져 나온다.

　"와아아아! 와아아아! 아드리안 왕국 만세! 만세! 만세!"

　"이실리프 마탑 만세! 만세! 만세!"

　귀빈들은 국제사회의 힘 있는 일원이 된 아드리안 왕국과 어떤 관계를 맺어야 하는지를 가늠하고 있다.

　왕궁으로 자리를 옮긴 아민 국왕은 황제들과 각국 국왕들을 차례로 접견했다. 우호 증진과 상호 호혜를 약속하는 아주 흔쾌한 시간의 연속이었다.

같은 시간, 현수는 마탑의 마탑주들과 면담 중이다.

"로드! 영광의 마탑 또한 카이엔 분원이 되고 싶습니다."

카이엔 제국 출신 스타이발의 눈에는 진심이 담겨 있다.

"혈운의 마탑도 라이서 분원으로 삼아주십시오. 로드!"

라이서 제국의 마탑주 헥사리온이 정중히 고개 숙인다.

"위대한 로드시여! 실론의 마탑 역시 테리안 분원이 되기를 청합니다. 로드!"

"로드! 저희 마탑 또한……."

현수의 앞에 고개를 조아리고 있는 여섯 명의 마법사는 모두 마탑주이다.

6서클 유저였던 로만 커크랜드가 현수 덕분에 8서클이 되었음을 알고 난 이후 이성을 잃었다.

현수는 아드리안 공국에 당도하자마자 로만 커크랜드를 세계수 아래로 데리고 갔다.

그곳엔 마나집적진과 앱솔루트 배리어, 그리고 타임 딜레이 마법진이 작동되고 있었다. 아드리안 공국으로 가기 전에 현수가 미리 준비해 둔 것이다.

마나집적진 안에 자리를 잡은 로만 커크랜드는 본인의 마나회로를 개방했다.

현수의 뜻대로 체내의 마나를 움직일 수 있도록 모든 긴장을 풀어준 것이다.

이는 자신의 모든 것을 내맡긴 것이다.

현수가 나쁜 마음을 품으면 여섯 개의 서클을 모두 깨버릴 수도 있고, 체내의 모든 마나까지 가져갈 수 있다. 심지어 목숨까지 앗을 수 있는 일이다.

그럼에도 완전 개방을 택한 것은 로드를 믿기 때문이다.

이미 어떠한 인간도 올라가 보지 못한 10서클 화후에 있는 사람이 뭐가 아쉬워서 겨우 6서클밖에 안 되는 자신에게 해코지를 하겠는가 하는 마음도 있었다.

어쨌거나 마나집적진 안에 자리를 잡는 순간 로만은 엄청난 갑갑함을 느꼈다. 기체같이 희박해야 할 마나가 액체처럼 진하니 어찌 안 그렇겠는가!

체내로 스며든 마나는 현수의 인도에 따라 순환되기 시작하였다. 얼마 지나지 않아 로만은 7서클이 되었다.

그리고 7서클 마법 전체에 대한 강론이 시작되었다.

로만은 다른 마탑주에 비해 자신의 화후가 낮음을 알기에 이를 극복하려 많은 노력을 기울였다. 머리가 나쁜 것이 아니기에 많은 독서와 연구를 통해 개선하고자 했다.

그러던 차에 정립된 마법 이론을 강론으로 듣기 시작하자 두뇌 활동이 왕성해졌다.

얼마 지나지 않아 7서클 마스터에 이르렀고, 이때 바디 체인지가 일어나 25세 전후의 모습으로 바뀌었다.

이것만으로도 대륙 최고 수준이다. 그런데 현수는 거기서 그치지 않았다. 곧바로 8서클 마법에 대한 강론이 시작되었다.

확실히 7서클보다 훨씬 고도의 계산이 순식간에 이루어져야 한다. 그렇기에 8서클 마법사 되기가 힘든 것이다.

하지만 로만에겐 뛰어난 선생이 있다. 현수이다.

현수의 강론과 본인이 깨달았던 것에 대한 소회[20]를 듣고 얼마 지나지 않아 여덟 번째 서클이 형성되었다.

8서클 마법사의 반열에 오르게 된 것이다.

오늘 로만 커크랜드는 내외빈 앞에서 헬 파이어를 구현시켜 자신이 8서클 마법사임을 증명했다.

이를 본 다른 마탑의 탑주들이 일제히 달려들어 어떻게 된 것인지를 물었다. 그 결과 이처럼 현수 앞에 무릎 꿇고 애걸하는 것이다.

"로드! 저희도 받아주십시오."

"네! 마나를 걸고 영원한 충성을 맹세드립니다."

"저도 그렇습니다. 로드! 저희도 받아주십시오."

무릎 꿇은 채 고개를 조아리고 있는 6대 마탑주를 바라본 현수는 고개를 끄덕인다.

---

20) 소회(所懷) : 마음에 품고 있는 회포.

"모두 고개를 들어라! 우리는 마나 앞에서 이미 하나이다. 따라서 나는 기꺼이 그대들의 뜻을 받아들이겠노라."

명실상부하게 아르센 대륙의 모든 마법사를 휘하에 모으는 순간이었다.

『전능의 팔찌』 53권에 계속…

멱운 장편 소설

FUSION FANTASTIC STORY

전공 삼국지

2세기 말 중국 대륙.
역사상 가장 치열했던 쟁패(爭覇)의
시기가 열린다!

중국 고대문학을 공부하던 전도형,
술 마시고 일어나니 도겸의 둘째 아들이 되었다?

조조는 아비의 원수를 갚으러 쳐들어오고
유비는 서주를 빼앗으려 기회만 노리는데……

"역시 옛사람들은 순수하다니까.
　유비가 어설픈 연기로도 성공한 데는 다 이유가 있지, 암."

**때로는 군자처럼, 때로는 효웅처럼!
도형이 보여주는 난세를 살아가는 법!**

── Book Publishing CHUNGEORAM

유령이 아닌 자유추구 ─
WWW.chungeoram.com